シャロン
ルルイエ
タルト

ケント
ココア
フレイ
ミオ
ルーナ
リーナ

「……任せて。〈ダークアロー〉！」
「なんというか、さすがというか……」
ダークアローなんて、
初歩の初歩スキルのようなイメージなのに、
ルルイエが使うととても強い。

回復職の悪役令嬢

エピソード5
悪役令嬢はもう終わりです！

ぷにちゃん
Punichan

Contents

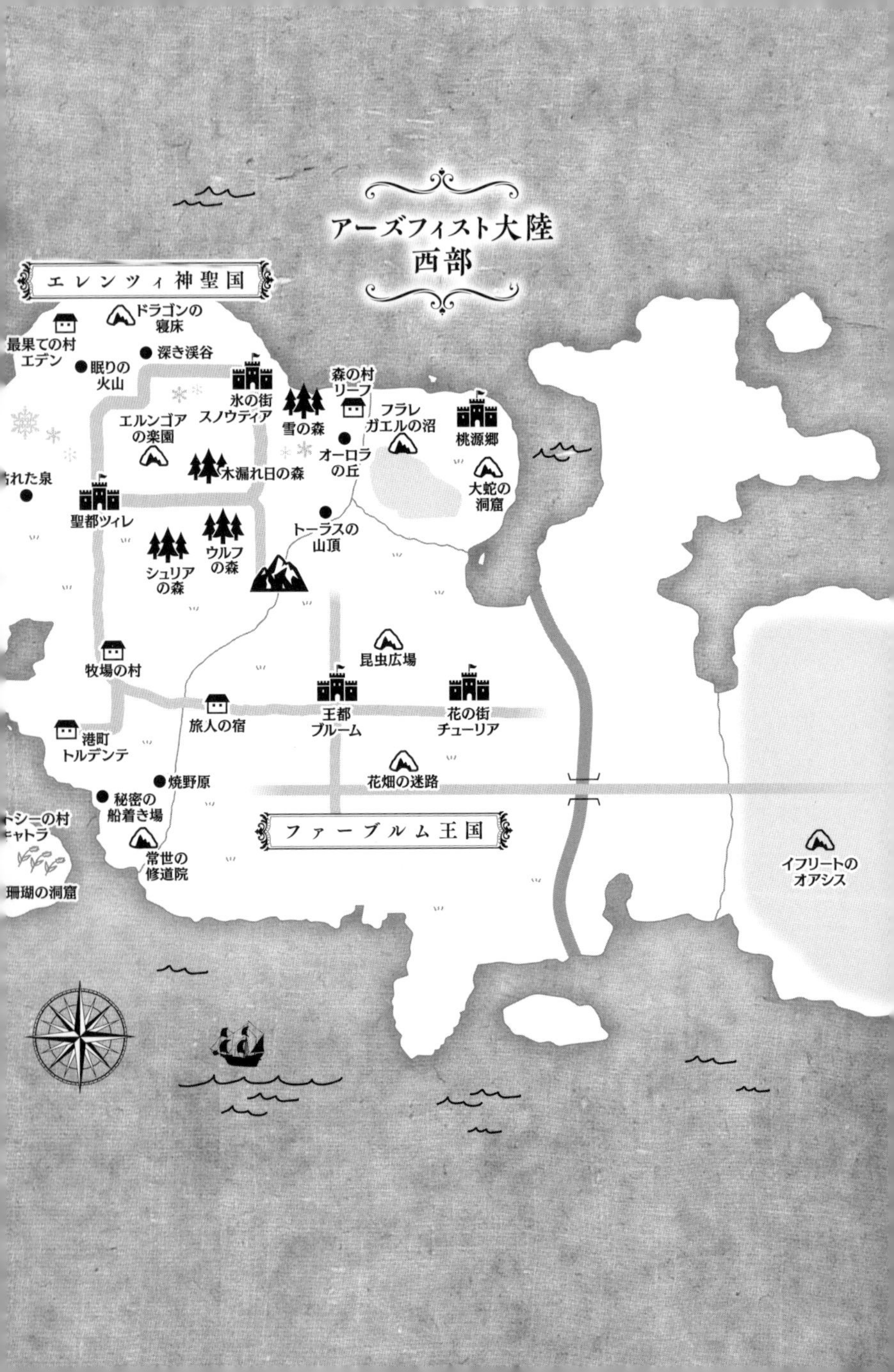
アーズフィスト大陸
西部
エレンツィ神聖国
ドラゴンの寝床
最果ての村
エデン
深き渓谷
眠りの火山
氷の街
スノウティア
森の村
リーフ
雪の森
フラレ
ガエルの沼
桃源郷
エルンゴアの楽園
木漏れ日の森
オーロラの丘
大蛇の洞窟
れた泉
聖都ツィレ
トーラスの山頂
ウルフの森
シュリアの森
昆虫広場
牧場の村
王都
ブルーム
花の街
チューリア
旅人の宿
港町
トルデンテ
焼野原
花畑の迷路
秘密の
船着き場
トシーの村
ャトラ
ファーブルム王国
常世の
修道院
珊瑚の洞窟
イフリートの
オアシス

ノービス
冒険の始まりだ！

一次職	二次職	覚醒職
剣士 剣や槍などの近接攻撃が得意	**騎士** 扱える武器が多い	**竜騎士** 竜に乗って空中戦もこなす
	盾騎士 防御力とHPが高い	**重騎士** どんな強力な一撃も防ぐ
探検者 罠の解除など探索の知識が豊富	**チェイサー** 短剣や弓を使いこなす中衛	**宝発掘師《トレジャーハンター》** 世界中の宝を狙う！
	盗賊 気配を消すことが上手い	**暗殺者** 音も立てない鋭い一撃を放つ！
狩人 素早い動きで獲物を狩るのが得意	**レンジャー** 相方の狼といつも一緒	**動物使い** テイミングで仲間を増やせ！
	弓術師 弓を連射し大群を撃つ！	**必中師** 狙った獲物は逃がさない！
魔法使い 様々な属性の魔法で敵の弱点を突く	**ウィザード** 強力な魔法で敵を撃ち滅ぼす	**アークメイジ** 扱う属性魔法はまるで天災級
	言霊《ことだま》使い 言葉にマナを乗せ戦おう！	**歌魔法師《ソングマジシャン》** 歌にマナを乗せ敵を撃つ！
癒《いや》し手 回復魔法で仲間をサポート	**ヒーラー** 仲間の補助と回復を行う	**アークビショップ** 様々な支援のエキスパート
	神官/巫女《みこ》 神へ祈り仲間を支援する	**呪術師** 専用の札を使い攻撃を行う

特殊職業

聖騎士
教皇直属の騎士

暗黒騎士
闇の力を纏わせた武器で戦う

吟遊詩人
歌と楽器を駆使し仲間をサポート

忍者
主君への忠誠は絶対でござる！

闇の魔法師《ダークメイジ》
弱体化《デバフ》のエキスパート

お手伝い
仲間をサポートするエキスパート

料理人
日々の生活は美味しいご飯から！

錬金術師
ポーションを作り仲間をサポート

薬師
体調不良を診るみんなのお医者さん

など

ユニーク職業

勇者
魔王を倒すために選ばれし者

聖女
世界のすべてを癒す回復のエキスパート

教皇
世界の平和を祈る聖域の守護者

神聖騎士
教皇を守る絶対の盾

剣聖
どんな剣でも使いこなせる達人

賢者
マナを扱うエキスパート

創造者
無から有を生み出す者

魔王
世界征服を企んでいる（かもしれない）

ダンジョン管理人
ダンジョンを作ることができる

など

プロローグ

キラキラ、見るもの全部が光ってる。

空を見上げると太陽が眩《まぶ》しくて、思わず目を細めた。今まで闇の女神ルルイエとして過ごしていた修道院では太陽を見ることができなかったから、毎日太陽を見られるのは少し不思議でもある。

——今、わたしはとっても胸があったかくて、とっても幸せ。暗闇から助け出してくれたシャロンたちのことが、大好き。


「お嬢ちゃん、いい食いっぷりだねぇ」

わたしが露店で購入した肉串を頬張《ほおば》っていると、すぐ隣の露店の店主が話しかけてきた。売っているものは、パンに肉や野菜をたっぷり挟んだボリュームがあるサンドイッチ。肉串もいいけれど、サンドイッチもすごく美味《おい》しそう。

……シャロンにもらったお小遣いは、まだある。

「それもちょうだい」

「まだ食べられるのか！　よし、ならサービスしてやろう」

「サービス？」

店主はわたしがまだまだ食べたそうにしていることに驚いたけれど、もっと食べられるのならばと、パンに挟んでいる肉と野菜を増やしてくれた。ボリュームのあるサンドイッチが、大ボリュームのサンドイッチになった。

「すごい……」

「さすがにちょっと多かったか？」

「大丈夫」

わたしはふるふる首を振り、お金を払ってサンドイッチを受け取る。焦げ目のついた肉の香ばしい匂いに、お腹が反応してきゅるると小さく音を立てた。

「いただきます」

さっそくかぶりつくと、まず甘辛いタレが口の中いっぱいに広がった。入っていたのは鶏肉で、皮がパリパリに焼かれている。大きめの一口サイズに切られたものがいくつか挟んであるようだ。濃厚なタレが絡みついていて、少し淡泊な肉にぴったりの味付けになっている。野菜はたっぷりの千切りキャベツに、スライスしたトマトとキュウリ。噛《か》むとシャキシャキして、新鮮だということがすぐにわかる。

「んっ、美味しい」

わたしが感想を告げると、店主は「そうかそうか」と嬉《うれ》しそうに笑顔を見せた。すると、さらに肉串露店を挟んだ反対隣の露店からも声をかけられた。

「本当にいい食べっぷりね。ミルクもどう？　牧場の村から仕入れたばっかりだから、美味しいわ

よ」

「飲む」

すぐに頷《うなず》き、財布として使っている小さなポーチからお金を取り出して支払いをする。

「どうぞ」

「ありがとう」

コップに入れてくれたミルクを手に取り一口飲むと、優しい味にほっと落ち着く。ぎゅっと濃縮されたような濃厚な味わいに、そういえばこれはなんのミルクなのだろうと疑問が浮かぶ。シャロンたちと水やお茶を飲むことは多いけれど、ミルクはあまり飲んでいない。

「これはなんのミルクなの？」

「牛のミルクだよ。一番メジャーだね。山羊《やぎ》のミルクもあるけど、飲んでみるかい？」

「飲みたい！」

新しいミルクの提案に、わたしはすぐに頷いた。ミルクはミルクでも、いろいろな種類があるのはとっても嬉しい。違う味を楽しむことができるのは、とっても幸せ。

「そんなに喜んでくれるなんて、嬉しいねぇ。ほら、これが山羊のミルクだよ」

「ありがとう」

牛のミルクを飲み干してから山羊のミルクを受け取って、口をつける。牛よりあっさりしてるけれど、ちょっと癖のある独特の風味だ。

「山羊のミルクは時間が経《た》つとにおいが強くなるからね、そんなに仕入れないんだよ」

「なるほど……」

時間が経つと食べ物が腐って美味しくなくなるということは、わたしも知っている。けれど山羊のミルクは、それより先に臭《くさ》いにおいが増してきて飲めなくなってしまうらしい。

……不思議。

「ぷはっ」

「ふふ、いい飲みっぷりだったね」

「どっちも美味しかった」

わたしがミルクを飲み干すと、店主たちが嬉しそうに笑う。そのまま残りのサンドイッチも平らげたら、「よく食べ切ったねぇ！」と褒めてくれる。

「これくらい、余裕」

ふふんと不敵に笑ってみせると、店主たちがさらに笑う。

「なら、さらにおまけで肉串をやろうか？　いい食いっぷりを見せてもらったから、代金はいらないぞ」

「いいの!?　もらう!!」

肉串露店の店主の言葉に、わたしはすぐさま飛びついた。まだまだ食べられるので、もらえるならいくらでももらう。

「そのちっこい体のどこに入っていくんだろうなぁ」

笑いながら肉串を渡してくれるけれど、わたしはその答えを知らない。いつもシャロンたちに

「まだ食べられるの!?」と驚かれることが多いけれど、いくらでも食べることができる。できることなら、美味しいものをずっと食べていたいくらい。

「いくらでも食べられる」

「それは心強いな」

「でも、親御さんは食費が大変そうね」

サンドイッチとミルクの露店の店主が驚いている。

……そういえば、シャロンもタルトもわたしほど食べてない。

もしかしたら、わたしはほかの人に比べると食べる量が多いのかもしれない。だけど、ご飯は美味しいので、食べられる量が多いのはとっても幸せだと思う。

……むしろ、あんまり食べられないシャロンたちが可哀想《かわいそう》……。

「わたしの夢は、世界中の食べ物を食べつくすこと」

「そりゃすげぇ！」

堂々と宣言してみせると、肉串の店主が手を叩《たた》いて笑う。

「この世界には、いったいどれだけの食い物があるかわからねぇからな。お嬢ちゃんには難しいかもしれないが、ここツィレだけじゃなくて、ほかにも街や国があるんだ。全部の食べ物を制覇しようとするのは、大変だぞ？」

店主の言葉に、わたしは「大丈夫」と返す。

「わたしは冒険者。これからいろいろな場所に行って、そのすべてを食べつくす！　……予定」

「嬢ちゃん、冒険者だったのか」

「すごいじゃない」

「これでも、かなり強い！」

わたしが胸を張って告げると、「おお、それは頼もしい」と店主が言う。

「なら、強い冒険者様にはぜひ美味《うま》い素材をゲットしてきてほしいものだ。料理は、食材と料理人、どちらも必要だからな」

「……！」

店主の言葉に衝撃が走った。

「確かに、料理人が必要……!!」

美味しいものは店で買えばいいとばかり思っていた。しかし、美味しいものはそれだけではなかった。まだ見ぬ未知の食材があり、それを調理する人がいたら――可能性は無限大だ。

……わたしでも料理人になれるのかな？

そんなことを考えていたら、ふとオレンジ色の光が落ちてきた。振り返ると、遠くの山に夕日が沈み始めている。

「そろそろ夜ご飯の時間だし、帰らなきゃ」

「まだ食うのか……」

わたしの呟《つぶや》きに、店主たちが目をぱちくりさせている。夜は一日の中で一番豪華なご飯なので、絶対に食べ逃しがあってはならない。

「ひとまず、いろいろな場所に行って、いろいろなものを食べてみる。それで美味しい食材もたくさん手に入れてくる……！」

「おお、頑張ってくれ」

店主たちが苦笑しながらも鼓舞してくれた。

「……ようし、頑張るぞ！」

わたしはシャロンたちと泊まっている宿へ向けて、帰路を急いだ。しかし途中で美味しい匂いがしたので、こっそり寄り道もしてしまった。

久しぶりの再会

ここは〈エレンツィ神聖国〉の〈聖都ツィレ〉。――の、私が滞在している宿の部屋だ。机の上に置いた鍵を、私はタルトと一緒に睨《にら》むように見ている。

以前ティティアがクエストの礼にくれた鍵なのだけれど、今はわずかにキラキラと輝いていて、使用可能だということが一目でわかる。ただ、どこで使う鍵だとか、そういった情報は一切ない。

「お師匠さま、この鍵はどうしますにゃ？　光ってるから、使ったらすごいことが起きそうっていうのはわかりますにゃ」

「そうだねぇ……」

私はタルトの問いに、ううーんと頭を悩ませる。

どこか期待に満ちた目でこちらを見ているタルトは私の弟子で、職業《ジョブ》は〈錬金術師〉。可愛《かわい》い可愛い弟子のために一肌脱ぎたいところだけれど、私は正直嫌な予感しかしなかったりする。

鍵アイテムの使い方は、いくつかある。クエスト中に入手し進行時に使う場合は、どこかの扉を開けるという線が濃厚。しかし今回はクエストが終了しているので、特定の扉を開ける用途で使う可能性は低いのではないかと考えている。もちろん、このクエストが連続クエストで、次のクエストに関連しているなら話は別だ。けれど、ツィレが平和になったのでその可能性も低い。

「とりあえず、試してみますか」

私は机の上から鍵を取って、部屋のドアの鍵穴に鍵を差し込んだ。

「にゃにゃっ!?　この部屋の鍵は、ちゃんと持ってますにゃ！」

「まあまあ」

タルトが宿の鍵を確認しようとした瞬間、私の目の前にウィンドウが現れた。どうやら使い方は合っていたみたいだ。

「にゃ!?　いったいどういうことですにゃ？」

「ここに書いてある通り……かな？」

驚くタルトと一緒に、ウィンドウの内容を確認していく。

聖女の試練（インスタンスダンジョン）
人数制限：12
世界のために祈り、聖女であることを誇りなさい。
仲間と共に女神フローディアに挑み、あなたは新たな強さを手に入れる。

インスタンスダンジョン――いわゆるＩＤ《アイディー》と呼ばれるものだ。
簡単に説明すると、自分たちのパーティだけが入れるダンジョン〈聖女の試練〉が作られる。ほかの人間は、入ってくることができない。

「どういうことですにゃ？」

タルトが「にゃにゃにゃ？」と頭にクエスチョンマークを浮かべているので、私はダンジョンの仕組みを説明する。

「パーティ人数の上限が一二人だから、試練はレイド戦だね。難易度が不明だけど、たぶん……かなりきついと思う」

なんせ、ボスが女神フローディアとある。絶対に強いだろうし、仲間も装備も、作戦も、すべてを揃《そろ》えてかからなければ勝てないだろう。

ちなみに私のレベルは現在75で、そんなに高くない。タルトたちのレベルは軽く１００を超えているけれど、挑むことを考えると、そもそも私のレベルを上げないといけないね。

……このままじゃ、みんなとパーティも組めないもん。

私がそんなことを説明すると、タルトはさあっと顔を青くした。

「女神さまと何回戦わせるつもりなんですにゃ……」

「本当にねぇ……」

タルトの言葉には、同意しかない。あんな総力戦のようなこと、そう簡単にできるわけがない。

私が鍵を回さずに抜くと、ウィンドウが消えた。扉を開けない限り、ダンジョンが作られることはない。

……とはいえ、挑戦はしてみたいよね。

その場合は、まずパーティメンバーを集めるところから始めなければいけない。心当たりのある

基本情報

名前 シャロン（シャーロット・ココリアラ）

レベル 75

職業 聖女
世界を愛する聖なる乙女
大いなる力で人々を癒し、世界の平和を祈る存在

称号

婚約破棄をされた女
性別が『男』の相手からの
攻撃耐性 5％増加

女神の代理人
回復スキルの効果 30％増加
攻撃魔法の威力 20％増加

スキル

◆ **聖女の祈り**
天使を召喚する

♥ **癒しの光《ライトヒール》** レベル6
対象者と、その周囲にいる
味方を少し回復する

♥ **絶対回復** レベル5
一人を大回復する

♥ **虹色の癒し** レベル5
半径10メートルの対象を回復する

⬆ **必殺の光** レベル3
次に与える攻撃力が3倍になる

◆ **守護の光** レベル3
指定した対象にバリアを張る

⬆ **栄光の光** レベル3
身体能力（攻撃力、
防御力、素早さ）が向上する

⬆ **聖女の加護** レベル10
身体能力（攻撃力、防御力、
素早さ）が大幅に向上する

♥ **月の光** レベル10
20秒ごとにマナを回復する

♥ **星の光** レベル10
5秒ごとに体力を回復する

♥ **治癒**
すべての状態異常を回復する

◆ **聖なる結界** レベル5
モンスターが入れない
結界を作る

◆ **聖女の結界** レベル10
使用者に害意ある者が入れない
広範囲の結界を作る

⬆ **平和の祈り** レベル3
自身の体力・マナが向上する

✷ **反射**
闇属性の攻撃を反射する

装備

頭 慈愛の髪飾り
回復スキル 5％増加　物理防御 3％増加
全属性耐性 3％増加

胴体 慈愛のローブ
回復スキル 5％増加　魔法防御 3％増加

右手 芽吹きの杖
回復スキル 3％増加　聖属性 10％増加

左手 フローディアの雫
回復スキル 20％増加　マナ消費量 20％減少
聖属性 10％増加　マナ自然治癒力向上
スキル〈反射〉を使用できる

アクセサリー 冒険の腕輪
システムメニュー使用可

アクセサリー -----------

靴 慈愛のブーツ
回復スキル 5％増加
物理防御 3％増加

慈愛シリーズ（3点）
回復スキル 15％増加
物理防御 5％増加
魔法防御 5％増加
スキル使用時のマナの消費量 10％減少

顔が何人か浮かぶけれど、すぐにというわけにはいかないだろう。私は一つ息をついて、「それより、今後のことを相談しよっか」と一通の手紙を取り出した。

「手紙ですにゃ？」

「うん。……お兄様から」

つい先日までツィレに滞在していた私の兄、ルーディット。無事に家へ帰り、私のことを家族に話し、手紙を送ってくれたのだ。そこには、私が国外追放されたことに関しては撤回されたので、気兼ねなく帰ってくるよう書かれていた。もし旅を続けたいならそれでもいいが、顔を出すくらいはしてくれとも書かれている。特に父がその旨を熱望しているらしい。

「ルーディット様ですにゃ？」

とたんに、タルトの瞳が輝く。タルトはルーディットに助けてもらったことがあるので、とても好意的な気持ちを持っているのだ。

「そう。私も国に戻っても大丈夫そうだから、顔を出そうかな？」

「賛成ですにゃ！　ルーディット様も、ご家族の方も、とっても喜ぶと思いますにゃ！」

ということで、さっくり実家に顔を出すことが決まった。

「お土産も買っていかなきゃですにゃ！」

「あ、そうだね。……せっかくだから、珍しくて、美味《おい》しいものがいいかな？」

どうせなら、行ったことのない場所でお土産を探そう。いい景色も見られて一石二鳥だし、レベル上げをすることもできる。そんなことを考えていたら、私の耳に弾んだ声が届いた。

「美味しいもの？」

「おかえり、ルル」

「おかえりなさいですにゃ」

美味しそうな菓子パンの入った袋を抱えて戻ってきたのは、闇の女神ルルイエだ。どういった理由でそうなったのかはわからないけれど、自我を持ち、喋《しゃべ》り、私たちと交流を持つことができるようになった。

最初はあまり喜怒哀楽を見せなかったけれど、食の素晴らしさに目覚め、今では趣味が食べることになっている食いしん坊さんだ。

外でルルイエと呼んでいるところを聞かれると、「え、闇の女神!?」と周りがざわついてしまうので、私たちはルルと呼ぶようにした。

「お師匠さまの家に遊びに行くので、美味しいお土産を持っていくんですにゃ」

「シャロンの家？」

タルトが説明すると、ルルイエは目を瞬《しばたた》かせたのちきょとんとした。

「私の家は、隣にある〈ファーブルム王国〉の〈王都ブルーム〉にあるんだよ。一応、公爵家だから美味しいものも出ると思うよ」

「すぐ行く」

私の美味しいものという言葉に、ルルイエが即座に反応した。それが可愛くて少し笑ってしまったけれど、残念ながら遠回りをしながら行くので到着には時間がかかる。

「せっかくだから、〈桃源郷〉の桃を持っていこうと思うんだよね。〈桃源郷〉の桃はほっぺが落ちるくらい美味しいんだよ」

「「……!!」」

ルルイエとタルトの目がキラキラ輝き、まだ見ぬ桃に期待を寄せているのがわかる。私も現実では食べたことがないけれど、〈桃源郷〉の桃は美味しいとＮＰＣ《ノンプレイヤーキャラクター》が言っていたので、実際に食べたいと思っているプレイヤーは多かったと思う。

「それじゃあ、今後のことは決定だね。レベルを上げつつ私の家に顔を出して、戦力が整ったら鍵を使ってダンジョンに挑もうか」

「はいですにゃ！」

「がんばる」

タルトが元気よく返事をし、ルルイエも桃のために大きく頷いてくれた。

私たちは冒険の準備をするために――〈木漏れ日の森〉にやってきた。ここは〈オーク〉〈スネイクル〉〈スパイル〉の三種類のモンスターが生息している。メインターゲットはもちろん〈オーク〉で、低レベルのうちは重宝する狩場だ。

「ルル、頑張ってにゃ！」

「……任せて。〈ダークアロー〉！」

出てきた〈オーク〉を、ルルイエが魔法で倒すだけの簡単な遊びです。

「なんというか、さすがというか……」

ルルイエの圧倒的な力に、私は感心してしまう。ダークアローなんて、初歩の初歩スキルのようなイメージなのに、ルルイエが使うととても強い。〈オーク〉を一撃で倒してしまう。〈オーク〉が光の粒子になって消えると、ルルイエはピースをして「レベル上がった！」と嬉《うれ》しそうにしている。

……そう、ルルイエはなんとレベル1だったのだ!!

私たちはレベル上げの聖地になりつつあるこの森で、ルルイエのレベル上げをしている……というわけだ。

「どんどんレベルが上がると、気持ちいいですにゃ。早くパーティを組んで、一緒に狩りがしたいですにゃ」

「ん！」

タルトの言葉に、ルルイエが力強く頷く。これから私たちと一緒に旅をするならば、強さは必須だからね。それに、レベル差が±15以内だと、モンスターを倒したときに経験値をパーティ内で等分することが可能だ。

そんなルルイエの左腕には、〈冒険の腕輪〉がある。駄目元でクエストを受けてもらったら、ルルイエも腕輪を取得できてしまったのだ。

「――きた！　〈ダークアロー〉！」

〈オーク〉ががさりと茂みを揺らすより早く、ルルイエが気配を察知して魔法を放つ。ルルイエは感覚が研ぎ澄まされているからか、単純に基礎スペックが高いからなのか、敵の気配察知に長《た》けていた。

「倒すたびにレベルが上がりますにゃ」

「ん～、これは狩場を替えてもいいかもしれないねぇ」

「ドラゴンですにゃ!?　さすがに早すぎじゃないですにゃ!?」

私の言葉に、タルトがぴゃっとジャンプした。

「ルルには早く私と公平を組めるまでレベルを上げてもらわないと、私のレベル上げもできないからね。がんがんいっちゃうよ！」

「……任せて」

「にゃ、にゃああぁ～！」


そんなレベル上げを何日か繰り返し、長らく滞在していたツィレを出る日がやってきた。


「うおおお、ここから俺の大冒険がスタートだ!!」

ケントは目をキラキラさせていて、これから行く〈桃源郷〉が楽しみで仕方がないことを体全部で表している。わかるよ、新しい場所ってドキドキワクワクしちゃうもんね。私だって、どれだけ幻想的な景色を見られるだろうって、浮かれている。

ちなみにケントとココアには、〈桃源郷〉で冒険して私の実家に行き、その後もいろいろなところを旅すると話したところ、二つ返事で一緒に行くと言われた。

私はパンッ！　と手を叩《たた》き、「出発しようか」と声をかける。ケント、ココア、タルト、ルルイエ、四人とも準備は万端だ。

「じゃあ、とりあえずゲートを使って〈氷の街スノウティア〉まで行こうか」

「「おー！」」

「にゃっ！」

「シャロンじゃないか!?」

「へ？」

私たちが気合を入れた途端、突然声をかけられた。凛《りん》として力強いこの声は、聞き覚えがある。

私はまた会えたことに頬《ほお》を緩ませながら、声のした方にすぐ振り返る。

「フレイ！」

「私たちもいるわよ」

「シャロン、久しぶり！」

「ルーナ、リーナも！」

姿を見せたのは、以前〈エルンゴアの楽園〉の道案内をし、タルトの病気を治すための手伝いをしたフレイ――〈勇者〉パーティだ。

「みんな、久しぶりですにゃ」

「「「タルト!!」」」

タルトが飛び出して、フレイたちに抱きついた。うんうん、久しぶりの再会だから、嬉しい気持ちが高ぶっちゃうよね。私はそう思っていたのだが、あれ、一番肝心な人――タルトの姉のトルテの姿がないことに気づく。代わりに、一〇代半ばくらいの女の子が一緒だ。

「お姉ちゃんは一緒じゃないんですにゃ？」

「ああ、トルテは家に残ったんだ。もともと私たちのパーティに入っていたのもタルトの病気を治すためのアイテムを探すためだったからな」

「それなら、お母さんとお父さんも寂しくないですにゃ」

フレイの説明を聞き、トルテに会えなかったのは残念だけど、なるほどと納得する。トルテには大冒険だったろうから、家で両親とゆっくりする時間を取ることも大切だ。

私はフレイたちにケント、ココア、ルルイエを紹介する。もちろんルルイエのことは闇の女神ですなんて説明はせず、可愛い女の子ルルで通す。

「一緒にパーティを組んでるケント、ココア、ルルだよ」

「「はっ、初めまして!!」」

「よろしく」

ケントとココアが緊張した面持ちで挨拶をし、ルルイエはぺこりと頭を下げた。

「よろしく。私はフレイ。一応〈勇者〉として世界を冒険している。シャロンにはものすごく世話になったんだ」

「私はルーナ。リーナの双子の姉よ。シャロンの支援の腕には驚かされてばかりだったのよ。今もそうなのかしら？」

「私はリーナ。斥候が得意だよ。まあ、シャロンの知識にはびっくりだけど……よろしくね」

……みんな私のことを持ち上げすぎじゃない？

そんなことを思っていると、一歩後ろに控えていた女の子が挨拶のため前に出てきた。それに気付いたフレイが、すぐ紹介してくれる。

「彼女はミオ。私たちのパーティの〈巫女《みこ》〉だ」

「〈巫女〉！　私と同じで、支援職だ」

ミオと呼ばれたのは、綺麗《きれい》に手入れがされた薄黄緑色の髪を丁寧に結わいている、緑色の瞳が可愛らしい女の子だ。いわゆる和装の巫女服のデザインをさりげなく取り入れた装備を身に着けていて、綺麗に切り揃えられたぱっつんの前髪に、髪飾りは大きな鈴が可愛い〈祈りの鈴〉、黄緑と深緑を基調にした服は〈決意の装束〉、手には〈修行僧の杖《つえ》〉を持っている。この世界の冒険者の装備としては、いい部類のものだ。

物腰が柔らかで、上流階級の出身だろうということが一目でわかってしまう。フレイたちのパーティにいるということは、きっとかなりの実力者なはずだ。

〈巫女〉の職業《ジョブ》は、〈癒《いや》し手〉から転職する二次職だ。神に祈って使うスキルが多いので、強化《バフ》と弱体化《デバフ》系が多い。短期決戦には不向きだけれど、長期戦の場合は仲間にいると心強い。


「ミオと申します。若輩者ですが、どうぞよろしくお願いします」

「シャロンです。よろしくお願いします、ミオさん」

私が握手を求めて手を差し出すと、ミオもそれに応えてくれる。

「わたくしたちは、同い年くらいでしょう？　敬称も、敬語も必要ありません。どうぞ仲良くしてくださいね」

「……なら、お言葉に甘えて。よろしくね、ミオ」

「はいっ」

ぎゅっと握手を交わすと、ミオは花がほころんだような、とろけるような可愛らしい笑顔を見せてくれた。

「そういえば、みなさんは狩りに行くところでしたか？」

ミオの言葉に、今後のことをフレイたちにも話すことにした。せっかく久しぶりの再会だというのに、私たちは今からこの街を出る。特にタルトはフレイたちと昔から交流があっただろうし、このまま別れてしまうのは寂しいかもしれないよね。

……場合によっては、出発を少し遅らせてあげた方がいいかも。

「私たちは今から街を出るんです。世界各地を見たり、旅したりして……。ひとまずの目的地は、ファーブルムかな」

「美味しい桃を食べに行く」

「「「桃？」」」

とってもとっても楽しみだったのか、ルルイエが嬉しそうに告げた。あまりにもピンポイントな目的だったため、フレイたちが首を傾《かし》げた。

「あはは。〈桃源郷〉の桃が美味しいから、私の実家へも寄るのでお土産にする予定なんです」

「「「〈桃源郷？〉」」」

さらに首を傾げるルーナたちだが、フレイの目が一気に輝いた。

「聞いたことがないな……。私も行ってみたい、シャロン！」

――あ。もしかしてもしかしなくても、この世界では〈桃源郷〉ってあまり知られていないんだ。あららと思ったけれど、もう遅い。別に隠しているわけではないし、そう簡単に行ける場所じゃないし、問題はないだろう。たぶん。きっと。

後ろからは、ケントとココアの「もしかして〈勇者〉パーティと一緒に行動を!?」「どうしよう、緊張しちゃうよ……」なんていう話し声が聞こえてくる。今は間違いなくケントとココアの方がレベルは高いけれど、フレイたちのパーティに憧れる若い冒険者は多い。気持ちはわかる。

うーん、どうしよう。

「フレイ、いきなりそんなことを言ったら、シャロンが困るわよ」

「む……。それもそうか。すまない、シャロン。だが、行ったことがないところだと、どうしても気になってしまって……」

「私も気になる、〈桃源郷〉！　なんか、お宝とかいっぱいありそうな響きが好き‼」

私が悩んでいたらルーナがフォローしてくれたけれど、フレイとリーナはかなり気になっているみたいだ。すると、タルトが私のローブの裾を引っ張ってきた。

「わたしは一緒でも大丈夫ですにゃ。それに……」

タルトが背伸びをして、小声で「鍵のこともありますにゃ」と言う。なるほど、ＩＤのメンバーにフレイたちを加えるというのはいい手だろう。レベルは心許《こころもと》ないけれど、フレイはユニーク職業《ジョブ》の〈勇者〉だ。戦力として、かなり期待できるはずだ。

「俺も！　パーティを組めたら嬉しい！」

「私も！」

ケントとココアも乗り気だ。ただルルイエに関しては、どちらでもよさそうな顔をしている。初対面だし、今のルルイエの興味は食ばかりで、人間にはあまり向いていない。

「みんながいいなら、私も構わないよ。……でも、フレイだけならともかく、ルーナやミオだって一緒でしょ？　そんなに簡単に決めていいの？」

「私たちも世界各地を巡っているからな。目的地も明確に決めているわけじゃないんだ。ぜひ、よろしく頼む」

「なら、よろしくね」

ひとまず一時的なものだけれど、フレイのパーティと行動を共にすることにした。……さて、どうしようか。


ゲートを使ってスノウティアに行こうとしていたけれど、フレイたちは〈冒険の腕輪〉を持っていない。そのためゲートを使えないし、正直に言って——スキルも自由に設定できないので、強さ的にもちょっと微妙だ。

なので、フレイたちにもクエストをして腕輪をゲットしてもらった。フレイたちなら信頼できるけれど、口外しないという約束も一応書面で交わしている。

今後、〈冒険の腕輪〉に関しては、ティティアが〈教皇〉として落ち着いた段階で周知するという手はずになっている。それもあったからこそ、すんなり教える判断になった。まだロドニー関連のごたごたが完全に終わってはいないので、公表はもう少し先になるだろうけれど……。

「……まさかこんな便利な腕輪があったとは。本当に、シャロンの知識はどこからきているんだ？」

「それは乙女の秘密ってやつですね～～」

ルミナスに腕輪を作ってもらったフレイが、まじまじと腕輪を見つめている。こうして、フレイ、ルーナ、リーナ、ミオの四人が〈冒険の腕輪〉を手に入れた。

「その腕輪に荷物を収納できるから、今のうちに買い物しちゃって。〈鞄《かばん》〉は一〇〇種類、各九九九個まで入れることができるよ。入り切らなかったら、〈簡易倉庫〉も使えるから。終わったら、北門を出て少し歩いたところに集合でいい？」

　私が簡単に説明をすると、フレイたちは驚きで一瞬フリーズしてしまっていたが、すぐに気を取り直して頷いた。

「ああ、構わない。馬を借りていけばいいか？」

「ううん、徒歩でいいよ」

「徒歩？　……まあ、何か考えがあるんだろう。わかった」

　私たちは乗り物――ドラゴンを手に入れているので、移動の際は空を使う。馬より早いし、ドラゴンであれば今日中にスノウティアに着くだろう。


　そして一時間後、私たちが呼んだドラゴンを見てフレイたちがあんぐりと口を開けた。

「ななな、な、なんだこのドラゴンは!?」

　フレイが剣に手をかけたので、私は「落ち着いて！」と声をあげる。

「どどどど、ドラゴン!?」

「しかも四頭も!?」

「ひぃっ……」

　珍しくルーナが取り乱し、リーナは逃げるか戦うか考えているみたいだ。ミオにいたってはふら～っと倒れてしまいそうで、タルトが「大丈夫にゃ!?」と必死で支えている。

「攻撃しないで～！　この子たちは、私たちが召喚したドラゴン！　戦闘要員じゃなくて、移動手段！　つまり、馬と一緒!!」

「「「馬と一緒!?」」」

　あまりにもインパクトがあったから、フレイたち全員の声がハモった。

「……馬と一緒はさすがに無理があるんじゃ……」

　私がフレイたちに説明していると、ココアからぼそりとツッコミが入ったが気にしない。

「腕輪だけでもすごいというのに、まさかドラゴンまで使役しているなんて……。シャロンは規格外すぎます……」

　茫然《ぼうぜん》としたミオの言葉に、私はアハハと笑うしかない。これから先、〈桃源郷〉に行ってＩＤにも挑戦するのだから、これぐらいで驚いていたら心臓がもたないのでは……なんて。

「とりあえず、スノウティアに向けて出発しましょう。フレイは私、ミオはココア、ルーナとリーナはケントのドラゴンに乗せてもらって」

　私が指示を出し、一気に空へと舞い上がった。

「……っ、すごい景色だな」

「でしょう？」

「だが、それ以上にドラゴンを移動手段にしているシャロンに驚いたぞ……。いつの間にか、タルトもすっかり規格外になっているじゃないか」

　フレイはドラゴンを操るタルトを見て、「きっとトルテが驚くぞ……」と笑う。タルトはそんなフレイの視線はまったく気にせず、乗せているルルイエと楽しそうにお喋りをしているようだ。

……でも、トルテが驚く姿は目に浮かぶね。

私がトルテのことを考えて笑っていると、ふいにフレイの声が真剣味を帯びた。

「シャロン。……腕輪のことも、このドラゴンのことも、私たちに教えて本当によかったのか？」

「……もともと公表する予定ではあったからね。それに、フレイたちにもドラゴンをゲットしてもらわなきゃだし……」

「は？」

私の最後の言葉を聞いたフレイは、目が点になった。


しばらく空の旅を楽しんだ私たちは、スノウティアで一泊する。

いつも使っている宿で温泉を楽しんだら、お楽しみのスキル再設定タイムへ突入だ。その日、スノウティアにフレイの「まずいっっっ」という声が響き渡ったとか渡らなかったとか――。

楽しい冒険は、まだこれからだぞ★

――さて。

フレイたちのスキル再設定、〈ドラゴンの寝床〉でのレベル上げからのボス撃破で〈ドラゴンの笛〉

を取得。私たち全員のレベルを±15以内に……というのは難しかったので、私のパーティと、フレイのパーティ、二パーティで行く予定だ。ただレベル差はもう少しで埋まるので、全員でパーティを組めるのもそう遠くはないだろう。あとは道中でのレベル上げを頑張るだけだと、私たちはスノウティアを出発した。

　ちなみに今現在のレベルは、私が131、タルトが137、ルルイエが125、ケントとココアが136、フレイが99、ルーナが96、リーナが97、ミオが91だ。うん、頑張った。

「シャロン、方角は大丈夫かー？」

　ドラゴンに乗って先頭を飛んでいるケントが、声を張り上げた。私はそれに頷いて、「そのまま飛んでいってー！」と返事をする。

「しばらくすると森の向こうに沼地が見えるから、そこを通っていくよ。〈フラレガエルの沼〉っていうダンジョンなんだけど、先に進む抜け道があるんだ」

「「「ダンジョン!?」」」

　私が説明をすると、聞いていないとばかりにみんなから声があがった。

「いやいやいや、冒険の旅だよ!?　ダンジョンがあるに決まってるでしょ！」

「えええええぇ!?　でもまあ、確かにそうだよな。俺たちは冒険者だし。……ただ、いきなり知らないダンジョンが出てくるのはびっくりするんだ!!　事前の情報収集もできないし！　〈フラレガエルの沼〉なんてダンジョン、初めて聞いたぞ！」

　ケントの反論に、それは確かにそうだと頷く。この世界ではダンジョンがあまり攻略されていないし、勉強家のケントはきっと本で調べたり冒険者に話を聞いたりしているのだろう。そこで聞いていないのならば、驚くのも無理はない……かもしれない。

「どんなモンスターが出てくるんだ？」

「カエル！」

「ほかは!?」

「大きいカエル！」

「……そうか。カエルしか出ないのか」

「あ、カタツムリのモンスターも出るよ」

そしてこの沼地はずっと雨が降っているので、地味に厄介でもある。多少の戦闘は必要だけれど、できるだけ早めに抜けたいところだ。

そんな話をしているうちに、森を抜けて沼地が見えた。

「お師匠さま、あそこですにゃ？」

「うん。あそこのダンジョンの一層に抜け道があるから、そこを通って〈桃源郷〉に行くよ」

私たちは順番に降下していき、外套《がいとう》を羽織る。仕事を終えたドラゴンは自分で巣に帰っていくので、いったんここでお別れだ。

「……ここが〈フラレガエルの沼〉か」

現実になってから初めて見た〈フラレガエルの沼〉は、儚《はかな》くも美しい場所だった。

沼という名前はついているが、その景色は一面の紫陽花《あじさい》が広がっている。紫、青、水色、ピンク……と、色鮮やかで誰もが目を奪われてしまうだろう。紫陽花は雨に濡《ぬ》れていて、葉が雫《しずく》をはじいている。裏側にはカタツムリがついていたりして、常に梅雨を味わうことができる場所だ。雨はずっと降っていてやむことはないけれど、降水量は時間によってまちまちだ。今は小雨なので、比較的過ごしやすいだろう。

景色を一通り堪能し、私はみんなの方を振り返る。すでに外套を羽織っていて、すぐ出発できそうだ。

「いつもは私が先行して偵察してるんだけど、シャロンのパーティはどうしてるの？」

腕まわりを動かしながら、リーナが私を見た。

「うちのパーティに斥候はいないから、前衛を先頭にして慎重に進むだけだよ。場所によっては、私がある程度知ってることもあるからね」

「オーケー、シャロンだもんね。ドラゴンのときも斥候はほとんどいらなかったし……。今回もなしでいいの？」

リーナの言葉に、私は少し考えてから首を振った。

「ううん、斥候はできる限りした方がいいと思う。お願いしてもいい？」

私がこの世界を知っているといっても、それはゲーム時代のことだけだし、実際に生身で体験したわけではない。どうしても差異が出る。しかし一番懸念すべきは、〈フローディアの墓標〉のように、私が死んだあとに実装された場所だ。そこの情報は一切ないので、危険だらけ。今後もそういった場所があるかもしれないことを考えると、斥候などはきちんと経験を積んでいくべきだろう。

「オーケー！」

すぐに返事をしたリーナは、あっという間に沼の中へ行ってしまった。

……というか、私もある程度は斥候ができるようになった方がいいかな？

なんてことも考えてしまう。私は支援職なので、もし離れたところ——たとえば前衛がモンスターを釣りに行った先でピンチになったり倒れたりしたら、それを助けに行かなければいけない。そういったシチュエーションを考えると、支援が一人で行動できる力は大切だ。

「ただいま〜。モンスターはいたけど、開けてて見晴らしがいいから危険度は低いね。罠《わな》とかも見当たらないよ」

「ん、ありがとう」

考え事をしてたら、リーナが帰ってきた。

特に問題がないとわかると、ケントが人一倍気合を入れる。〈竜騎士〉として前衛をするので、緊張感は誰よりもあるはずだ。

「なら、さっそくダンジョン攻略といくか！」

「私とケントが前衛だな。上手《うま》く連携しながら進んでいこう」

「はい！　よろしくお願いします‼」

フレイの言葉に、ケントが普段より高い声で頭を下げた。〈勇者〉と一緒に前衛をするというのは、やっぱりケントにとってはすごいことで、楽しみでもあるのだろう。

ケントとフレイを先頭に、ルルイエ、ルーナ、ココア、ミオ、タルト、私の順で進んでいく。リーナは斥候も兼ねているので、その都度ポジションは変わる。

「うおっ、来たぞ!!」

「あれが〈フロッピィ〉か？　なんだか……可愛い……な……？」

剣を構えるケントとフレイは、〈フロッピィ〉の容姿に拍子抜けしているようだ。まあ、その気持ちはとてもよくわかるよ。

〈フロッピィ〉は蛙《かえる》をモチーフにしたモンスターなのだけれど、リアル寄りではなく、可愛いデフォルメキャラクターとして作られている。長靴を履いて、あまがっぱを着ていて、武器は手に持っている雨傘。可愛い顔をしているくせに、傘を閉じてかなり鋭い突き攻撃をしてくる。

ケントに気づいた〈フロッピィ〉が、ぐっと足に力を入れて跳びはねた。カエルのモンスターだけあって、跳躍力はずば抜けている。私たちの頭の上を軽々跳んでしまうほどだ。

「うわっ！」

跳んできた〈フロッピィ〉に対して、驚いたケントが剣で叩きつけるように攻撃した。〈フロッピィ〉はびしゃりと水たまりに打ちつけられて、周囲に泥が跳ねる。その様子はちょっと間抜けだけれど、これは攻撃チャンスでもある。

「〈必殺の光〉！」

「えっと、〈ポーション投げ〉にゃ！」

私が次のダメージが三倍になるスキルを使うと、タルトは戸惑いつつも、しかし躊躇《ちゅうちょ》なく〈火炎瓶〉を投げて攻撃した。もちろん〈フロッピィ〉は一撃で光の粒子となって消えた。

「タルトがこんなに強くなってるなんて、トルテが見たら跳びはねて驚いちゃうわね」

「本当にすごいです！」

「ありがとうですにゃ」

ルーナがタルトのことを褒めると、ミオも拍手して絶賛している。タルトは嬉しそうに笑いつつも、「まだまだですにゃ」なんて言っている。だけど、まんざらでもないようだ。そこが可愛い。

さすが私の弟子。

「わたくしも、もっと精進しなければいけませんね。この腕輪だって、使いこなすのにまだまだかかりそうです」

「〈冒険の腕輪〉はとっても便利ですにゃ」

「ええ。わたくし、スキルの設定や、アイテムの収納には本当に驚かされました。これがあれば、世界はがらりと変わるはずです。無限の可能性を秘めています……！」

ミオは目をキラキラさせて、タルトにいかに腕輪がすごいか力説している。このまま腕輪の信者になりそうな勢いだ。

「話してるのもいいが、追加の〈フロッピィ〉の大群が来たぞ！」

「あ、はい！」

「にゃ！」

フレイの声に、ミオとタルトがハッとして構えるが、それより先にココアとルーナが〈フロッピイ〉を倒してしまった。五匹はいたと思うけれど、範囲魔法であっという間の殲滅《せんめつ》だった。

「わたしの出番はなかったですにゃ」

「一瞬で倒してしまうので、わたくしの補助スキルの出番もなかったです」

二人でしょんぼりしてしまっている。

「まあまあ、〈桃源郷〉に行ったら活躍の場はあると思うから……ねっ！」

「！　〈桃源郷〉で頑張りますにゃ！」

「ええ」

私の言葉に、タルトとミオが頷き合っている。それに、ＩＤにだって行く予定なのだ。二人にはこれからどんどん活躍してもらう予定だから、ぜひ覚悟……いや、気合を入れておいてほしい。

〈大きな桃〉を入手せよ！

〈フラレガエルの沼〉の蛙《かえる》を蹴散らしながら、私たちは〈桃源郷〉にやってきた。途中で腰くらいの深さがある沼の中を通らなくてはならなくて生きた心地がしなかったけれど、どうにか到着してほっとした。

〈桃源郷〉は、一見すると田舎街のような造りになっている。街のそこらじゅうに桃の花が咲いていて、とても華やかだ。舗装されている道は少なく、自然と一体化している場所――という言葉がしっくりくるかもしれない。

道行く人たちは、〈桃源郷〉の民族衣装を着ている。女性は何種類かの生地を繋《つな》げたスカートに、腕まわりが大きく広がっているブラウス。ベストには細やかな刺繍《ししゅう》が施されていて、頭にはレースと花をあしらった帽子をかぶっている。男性はくるぶし丈《たけ》のズボンで、シンプルな刺繍のデザインだ。

「わあ、可愛《かわい》い衣装。〈桃源郷〉って、本当にあったんだ……」

「というか、一面のピンクってすごいな。圧巻というか、なんというか。シャロンが景色を堪能したいっていうの、めっちゃわかる」

ココアとケントはキョロキョロ見回して、初めて見る〈桃源郷〉に目を輝かせている。……いや、ココアだけではなく、全員がキョロキョロして目を輝かせている。もちろん、私も例外ではない。

……やっぱり絶景を見るとテンション爆上がりするよね！

ただ、外から〈桃源郷〉に来る人はほとんどいないのだろう。道行く人たちが、私たちのことをチラチラ見ているのがわかる。

すると、ふいに私のローブの裾がくいくいと引っ張られた。

「シャロン、桃は？」

「ルル。そうだったね、ここには桃をゲットしに来たんだもんね」

「あれ？」

ここでの一番の目的は桃だ。ルルイエがワクワク顔で、露店で売っている桃を指さす。瑞々《みずみず》しくて大きな桃がカゴに山盛りになっていて、一目で美味《おい》しそうだとわかる。

「だけど、あの桃じゃないんだよね」

「「「？」」」

私が目当ての桃があると告げると、みんなが首を傾《かし》げた。

「あれも美味《うま》そうだけど、ほかにもあるのか？」

「瑞々しい、いい桃だと思うぞ。あれほどのものは、そうそう見ないが……」

ケントとフレイは、あの桃でも十分だと考えたようだ。大きいし、食べ応えもあるし、何より香りがいい。二人が絶賛するのもよくわかる。

「まあまあ、ひとまず騙《だま》されたと思って……クエストに挑戦しようじゃありませんか」

「「クエスト!?」」

「クエストにゃ!?」

私の言葉に、全員の驚いた声が重なっ——あ、ルルイエだけは特に驚いてなかったね。

〈桃源郷〉の中心には、石を積み上げて作られた塔がある。高さは五階建てと同じくらいだろうか。外壁に沿って作られた螺旋《らせん》階段で上ることができ、てっぺんに〈桃源郷〉の守り神といわれている桃の木が植わっている。

塔の前にやってくると、思わず空を見上げてしまう。円柱型の塔の最上階からはみ出たピンクの花が見え、期待が膨らむ。

「すごい大きな木ですにゃ！　あれほど大きい木は、キャトラにもなかったですにゃ！」

「どれだけ大きい桃があるんだろう」

タルトとルルイエが並んで目を輝かせ、早く塔に登ろうと螺旋階段の下へ走っていく。桃が食べたくてはしゃぐ二人、とても可愛いがちょっと待たれい。——と思ったけれど、すでに塔の管理人から声をかけられていた。

「おお……もしや冒険者の方ではありませんか？」

「え？　そうですにゃ。どうかしましたにゃ？」

タルトが首を傾げ、すぐに「クエストウィンドウが出たにゃ！」と驚いた。それと連動して、私たちの前にもクエストウィンドウが現れる。

「実は、〈リーフイーグル〉が塔の桃を食べてしまうのです。どうか退治してくれませんか？」

〈リーフイーグル〉討伐
討伐数：1
討伐報酬：〈大きな桃〉の購入権

塔の頂上で待ち構え、桃を食べに来た〈リーフイーグル〉を倒すというクエストだ。このクエストをクリアすると、塔の頂上にある桃を買うことができる。そう、購入できるようになるだけなのだけれど……その価値はある。

「お師匠さま、桃が狙われて大変みたいですにゃ」

「うん、討伐しよう。フレイたちも、誰か管理人に話しかけてクエストを受けてくれる？」

「わかった」

私はタルトの言葉に頷《うなず》き、フレイのパーティにもクエストを受けてほしいと頼む。今の私たちはまだ少しレベル差があるので、共同でのパーティを組めていないのだ。ファーブルムに着くまでにはレベル差もなくなりパーティが組める予定なので、あと少しの辛抱だ。

「ひいいっ、高い、高いですっ!!」

「ミオ、頑張って！」

塔の外周にある螺旋階段を上り始めると、中盤くらいでミオが涙目になってしまった。どうやら高所恐怖症だったらしい。リーナが応援しているが、手を引こうとして「待って!!」と割と本気で怒られている。

……先に上ってようかな。

私は高所もどこでもへっちゃらなので、みんなに〈聖女の加護〉をかけて軽やかに階段を上がっていく。〈聖女の加護〉は〈身体強化〉の上位互換で、攻撃力、防御力、素早さが大幅に上がる効果がある。

「うわー、上から見ると一面ピンクで、街中にいるときより断然すごいな！」

「あ、私も見たい!!」

頂上に到着したケントが感嘆の声をあげたのを聞き、私も慌てて上り切る。

「う、わあぁぁっ！」

景色はもちろんそうなんだけど、上がった瞬間、一番に感じたのは強烈な桃の香りだ。木に実る〈大きな桃〉は両手でなければ持てないほど大きい。一本の木にいくつもの〈大きな桃〉がついていて、近くには世話係の人がいる。

そして〈大きな桃〉に感動した次の瞬間には、塔の下に広がる〈桃源郷〉の景色が目に入る。一面のピンク色に、昔ながらの古き良き建物と、楽しそうに行きかう人々。穏やかな景色に、忙しさや疲れは吹っ飛んでしまいそうだ。

「すごいですにゃー！」

「食べ応えのありそうな桃……！」

タルトとルルイエが目を輝かせ、ケントとココアは「〈リーフイーグル〉は!?」と警戒モードに入っている。

「おお、これはすごいな！」

「やっと上り切りました……」

フレイたちのパーティも全員が上り切ったようだ。……が、最後尾のミオが到着したのと同時に強い風が吹いて――〈リーフイーグル〉が顔を見せた。

バサバサッと力強く風を切る〈リーフイーグル〉に、思わずみんなの顔が引きつっている。だけどそれも仕方のないことで。なんせ〈リーフイーグル〉は、でかいのだ。

「なっ、んだこの……巨体!!〈挑発〉!!」

ケントがすぐさまスキルを使い、〈リーフイーグル〉の敵意を自分に集中させる。そのまま攻撃を防御しつつ、「こっちだ！」と〈リーフイーグル〉を塔の中心部へと誘導する。塔の端で戦闘するのは危険なので、いい判断だ。

「〈聖女の加護〉〈守護の光〉〈月の光〉！　回復は私が担当するから、どんどん攻撃しちゃって！〈リーフイーグル〉は結構強いから、早く倒さないと大変だよ！」

「「応!!」」

「にゃっ！」

私の言葉に全員が返事をし、戦闘開始だ。

〈リーフイーグル〉は鷲《わし》型のモンスターだ。ただし羽の部分が植物の葉でできていて、食べるものは木の実だけという草食モンスターだったりする。体が大きく迫力はあるが、攻撃力はそこまで高くない。その代わり素早さが高いので、攻撃を当てるのが少し厄介だろうか。

「氷の息吹よ、我がためにその姿を変えて敵を撃て――〈氷柱の矢《アイシクルアロー》〉！」

「ルーナ！　よし、これで先制――何⁉」

ルーナが使った魔法を、〈リーフイーグル〉はいとも簡単に避《よ》けてしまった。そう、これが〈リーフイーグル〉の厄介なところだ。フレイは驚き、しかしすぐ気を持ち直す。剣を構えて、ぐっと地面を蹴った。

「やああぁぁぁっ！」

『クィー！』

しかし〈リーフイーグル〉は、フレイの剣に斬られることを恐れて空高く飛び上がった。こちらの攻撃に対応した回避手段を使ってくるので、モンスターの中では知能がある方かもしれない。

「なっ、飛んだ！」

「フレイ、わたくしに任せてください‼」

杖《つえ》を構えたミオが一歩前に出て、キッと〈リーフイーグル〉を睨《にら》みつけた。巫女《みこ》の彼女は強化《バフ》と弱体化《デバフ》スキルも多いので、こういった戦闘では役に立つ。

「空を飛んでいられるのも、今のうちよ！　〈沼落ち〉‼」

ミオがスキルを使うと、〈リーフイーグル〉の足元の空間がゆがみ、黒い沼のようなものが出現した。そしてそれが〈リーフイーグル〉を包み込むと、バタバタと羽を動かし抗《あらが》うも地面に落ちてきた。

……空中にいる敵に使うと効果的だけど、ちょっとだけ罪悪感があるね。

みんなが〈リーフイーグル〉をフルボッコにしているのを見つつ、ときおり回復し、あと少しで倒せる——というところで、もう一匹やってきた。

『クイィ！』

「まさかの二体目!?　〈挑発〉!!」

ケントのスキルを受けた二匹目は、鋭い足の爪でケントに襲いかかる。一匹目が瀕死《ひんし》状態になっているので、二匹目の気が立っているのがわかる。

「だから早く倒したかったんだけど、仕方ないか……」

私がぼそりと呟《つぶや》くと、ココアが「どういうことなの!?」と魔法を使いつつこちらを見た。もしかしたら、何か攻略法を私が知っていると思ったのかもしれない。

残念ながら、そんなことはない。

「私たちのパーティ、フレイたちのパーティ、それぞれクエストを受けたでしょ？　だからそれぞれ一匹ずついるんだよ」

「「えええぇっ」」

「あ、なるほどですにゃ！」

「そういうこと……」

みんなが驚くなか、タルトは手を打って納得している。ルルイエも頷き、「それなら二匹とも倒せば解決」と言ってフレイに向かって走り出した。

「フレイ」

「!?　……っ、わかった！」

え、いったい何がわかったの!?

どうやら戦闘中の二人にしかわからない何かがあったのだろう。フレイはすぐさま腰を落として、体の前で手を組んでみせた。そこにルルイエが勢いよく足をかけると、フレイはぐっと力を入れてルルイエを空に押し上げた。ルルイエは勢いで高くジャンプし、〈リーフイーグル〉より高い位置につく。

「おおっ！」

人間、脚力だけであんなに高く跳べるのか。……いや、ルルイエは人間じゃなかったね。たぶん女神だった。たぶんね。

「――闇より深き混沌《こんとん》よ、我の命《めい》に応えよ。〈深淵より深き闇《ダークブレス》〉」

ルルイエがスキルを使った瞬間、空間がゆがんでそこから何本もの黒い光が降り注いで二匹の〈リーフイーグル〉を貫いた。

「これは……いったい、なんだ？」

「わたくしが使うスキルより、ずっとずっと恐ろしさを感じます……！」

フレイとミオが目を見開いてルルイエを見ているが、本人はけろりとしている。二匹の〈リーフイーグル〉が光の粒子になって消え、ルルイエはこっちに向かってVサインをしてきた。可愛いかよ。

「倒しましたにゃ！」

タルトが歓喜の声をあげると、私たちの前にクエストウィンドウが現れて、クエストの達成を告げた。

「ああ、〈リーフイーグル〉を討伐していただけるとは……。なんと礼を言えばいいか……」

「本当にありがとうございます」

管理人と世話係が揃《そろ》って頭を下げる。これで〈大きな桃〉をモンスターに食べられてしまうこともなく、無事に収穫できると喜んでくれた。

「よかったですにゃ」

「ん」

タルトとルルイエが嬉《うれ》しそうにしていると、管理人が「お礼といってはなんですが……」と報酬の話に入った。

「この〈大きな桃〉はとても貴重なものですが、みなさまにでしたらお譲りさせていただきます。必要なときは、いつでも声をかけてください」

「本当ですにゃ!?　ありがとうですにゃ！　さっそくほしいですにゃ〜！」

「わたしも食べたい」

すぐに購入の意思を伝えると、管理人は「ありがとうございます」と微笑《ほほえ》んだ。

「一つ、一〇万リズです」

「……にゃっ!?」

値段を聞いたタルトが、ぴゃっとその場で飛び上がった。わかる、桃一つに一〇万リズって高いよね……。ただ、この〈大きな桃〉はいいことずくめなのだ。今まではゲームだったから味は知らないけれど、食べると体力、マナが全回復。さらに一〇分間、体力とマナが30%アップする。いい値段ではあるけれど、常用せずたまに使う分には問題ない。

タルトが顔色を悪くして、私のところにやってきた。

「どどど、どうしますにゃ？」

「もちろん買うよ！　私は自分の分のストックを一〇個と……実家へのお土産は三個かな？」

私は悩んでいるタルトの横で、しっかり〈大きな桃〉を購入する。支援職として、ピンチになる場面は絶対にある。この桃は、支援職にとって生命線の役割を果たしてくれる。

……ゲームではそうだったんだけど、現実になった今は……あの桃を食べなきゃいけないなら話が変わってくるけど……ひとまず考えないことにした。

「俺は五個買うぞ！」

「私も！」

ケントとココアも購入し、ルルイエは「買えるだけ！」と言ったので私が一〇個に留《とど》めさせるなどした。

フレイたちはそれぞれ一個ずつ購入し、タルトは考えた末に三個購入していた。

私たちは〈桃源郷〉の宿に数日滞在することにした。今は宿の一室に集まって、今後の話をしている。

「このままファーブルムに行くんだったな？　ここからどうやって行くか、道はわかっているのか？」

「〈桃源郷〉を知ったのも初めてだし、地理がさっぱりわからないわよ」

フレイとリーナの言葉に、私はどうやってファーブルムに行くか説明していく。

「ここから南に進んでいくと、ファーブルムに続いてるんだ。途中でダンジョン〈大蛇の洞窟〉を抜けた先が、ファーブルムなの」

「――――！　またダンジョンを通るのか」

「うん。そこでレベルも上げたいと思ってるんだ」

ダンジョンという言葉に、フレイの目がキラリと輝いた。フレイたちは〈冒険の腕輪〉を手に入れ、今までとは桁違いに強くなった。新たな敵と戦いたくて仕方がないのかもしれない。ケントもワクワクしているようだ。

「レベル上げをしたら、ルーナとリーナ、ミオは覚醒職へ転職っていう一大イベントも待ってるもんね」

「「えっ!?」」

ルーナ、リーナ、ミオが揃って声をあげた。

「三人には頑張って覚醒職になってもらって、一緒にダンジョンに行ってほしいからね……！」

まだ先の話かもしれないけれど、私はみんなで〈聖女の試練〉へ挑みさらなるレベルアップを考えていることを熱く語った。


「ん～、瑞々しくて美味しい！」

私は露店で売っていた桃を頬張《ほおば》って、幸せタイムを堪能していた。〈大きな桃〉はもちろん食べたいけれど、あれは実家へのお土産なので、帰るまで我慢だ。とはいえ、普通の桃でも十分に美味しい。

「甘いですにゃ～！」

「…………」

タルトも幸せそうに食べているが、ルルイエは無言で食べ続けている。あの小柄な体のどこに大量の桃を詰め込んでいるのだろうか。

私がそんなことを思っていると、ケントとココアが桃をたくさん購入していた。

「たまには実家に持ってってやらないとな！」

「おばさん、ケントが帰ってきたら喜ぶと思うよ」

どこか照れ隠ししながらお土産の桃を買うケントを、ココアがクスクス笑いながら見ている。二人とも、落ち着いたら実家に顔を出すみたいだ。〈転移ゲート〉を使えばすぐに帰れるので、旅先の美味しいものを届けるのはいいことだなと思う。

フレイたちはといえば、私たち食い気組とは違い、〈桃源郷〉の民族衣装を見ているようだ。ルーナがいろいろな服を手に取り、これもいい、あれもいいと選んでいる。ただ、フレイとリーナはあまり興味がないようで、視線が露店の桃に向いている。衣装に興味があるのは、ルーナとミオだけのようだ。

「でも、民族衣装も可愛くていいよね。ぜひタルトとルルイエに着てもらいたいっ！」

「わたしですにゃ!?」

「服より桃がいい」

私が欲望を口にすると、タルトは照れたがルルイエはまったくぶれなかった。うん、桃は美味しいからね……。

「ルルイエのお小遣いは桃に使えばいいよ。民族衣装は私が勝手に買ってプレゼントするから！」

ということで、急いで買った桃を食べつくして私も服屋へと走る。

服屋内には、色とりどりの可愛らしい服が並んでいた。草花と桃の刺繍が多く、どちらかというと明るい色合いが多い。壁には帽子が並べられていて、服との組み合わせを考えるだけでもワクワクしてしまう。

「あら、シャロンも服を買うの？」

「どれも可愛いよね」

ルーナとミオの言葉に頷き、私はタルトとルルイエにプレゼントすることを伝える。

「着飾ったら絶対に可愛い！」

「確かに可愛いわね。あ、なら……私はトルテにお土産で買っていこうかしら」

「あ、それいいね！」

私の主張に賛同したルーナが、トルテの服も選び始めた。せっかくだから、タルトと同じ系統のデザインでもいいかもしれない。

水色の花とピンクの桃が刺繍されたブラウスを手に取り、その繊細な刺繍に驚く。デザインも細かくて、〈桃源郷〉でしか取り扱いがないのがもったいないくらいだ。

「あら、タルトのはそれにするの？　なら、トルテにはこれにしようかしら」

ルーナが手に取ったのは、私が手にしたブラウスと色違いのものだ。黄色の花が刺繍されているので、トルテにもよく似合うだろう。

「可愛い！　トルテも喜ぶと思う」

「ええ。またキャトラに遊びに行くのが楽しみだわ」

ルルイエには黒ベースの民族衣装を購入することにした。

「よし、これでいいかな？」

私が会計をしようとしたら、ルーナから「ちょっと待ちなさい」とストップが入ってしまった。

「シャロン、あなたの服がないじゃない」

「え、私!?　私は別にいいよ……」

「あら、駄目よ。せっかく〈桃源郷〉に来たんだから、楽しまなきゃ」

そう言うと、ルーナは選んだ服を私に当ててどれがいいか悩み始めてしまった。……これは時間がかかりそうだ。

二〇分ほどルーナの着せ替え人形にされた結果、私、タルト、ルルイエの服が二着ずつ決定していたでござる。なぜ二着……いや、可愛いからいいのか。

私が会計を頼むと、店員のおばさんが目を輝かせた。

「あら、こんなにたくさん。ありがとうね」

「とても可愛かったので、悩んじゃいました」

「確かに、あなたたちが着ている服に比べたらうちの服は鮮やかよね。あ、そうだわ。よかったら、着替えていかない？」

「いいんですか？」

「もちろんよ」

とんとん拍子に試着室を貸してもらえることになり、会計を済ませた私たちは、全員が民族衣装に身を包んだ。ちなみにココアの分はケントが違う店で買って贈っていたので、なんともしっかり

していると微笑ましくなってしまった。ふふ、あれでまだ付き合ってないんですよ。

着替えた私たちは、当然〈桃源郷〉観光を続行する。

ルルイエが常に桃を食べながら移動しているけれど、のんびり散歩して街中を見ているだけなので問題はない。あまりにも美味しそうに食べているからか、ときおり「うちの桃も食べるかい？」と露店の人に声をかけられるくらいだ。

街中には歴史的な像などがいくつかあり、小さな泉の側《そば》にある桃の木スポットなど、日頃の戦闘の疲れを癒《いや》すのにちょうどいい。

「いい街だなぁ」

「桃が美味しいから、ずっとここにいてもいいくらい」

「ルルは食い気以外はないのか……？」

ケントの言葉にルルイエが頷くと、みんなが笑う。

「でも、マジでここの桃は美味いよな。さっきも買ったけど、もっと買っといた方がいいかもしれないな」

「わたしはもう買いつくした」

「え、小遣い全部使ったのか……」

ルルイエは食べ終わるとすぐに〈鞄《かばん》〉から桃を取り出してまた頬張る、を繰り返している。そのため、常に桃の甘い香りがして……うーん、私もお腹がすいてきたぞ。

ふいに、「あんたたち、見ない顔だね！」と声をかけられた。

「こんにちは」

私が振り向いて挨拶をすると、おばさんも挨拶を返してくれる。

「私たちは冒険者で、ファーブルムに向かう途中なんです」

「冒険者なのかい！　ここに来るには、ダンジョンを越える必要があるからね。それなら納得だよ。どうだい、〈桃源郷〉はいいところだろう？」

「とっても」

頷くと、おばさんが〈桃源郷〉に来たならここへ行きなさい！　というスポットを教えてくれる。

「南門から外に出たところなんだけど、枝垂桃《しだれもも》があるんだよ。立派な桃で見ものなんだけど、なんせモンスターがいるからそう簡単には行けなくてね」

「ああ、確かに地味に強いモンスターが出ますね」

「そうなのよ」

私たちが冒険者だと知り、それなら大丈夫だろうと教えてくれたみたいだ。

「満月の夜に枝垂桃の下で一緒に桃を食べると、永遠の愛が約束される……なんてジンクスもあるのよ。ふふ、いい人がいたら夜にでも一緒に行っておいで！」

「あはは、ありがとうございます」

なんとも青春なジンクスを教えてもらったけれど、残念ながら私に好きな人はいないし、しばらく恋人をつくるつもりもない。ゲームシナリオ通りとはいえ、イグナシア殿下のこともあったし、今は恋より冒険だ！

「南門というと、ファーブルムに向かう途中だったりするか？」

「あ、そういえばそうだね」

フレイの問いかけに、私は頷く。

「今日はもう夕方だし、道中で枝垂桃を見るのもいいかもしれないね」

「見てみたいですにゃ！」

「普通の桃の木も素敵でしたし、わたくしも気になります」

タルトとミオの言葉に、みんなも頷いている。ということで、ファーブルムに向かう途中で枝垂桃観光もすることにした。

翌日、私たちは〈桃源郷〉を後にした。向かうは国外追放が解除されたらしい私の故郷、〈ファーブルム王国〉だ。

「南門を出てまっすぐ南下していくと、ダンジョン〈大蛇の洞窟〉があるんだ。その洞窟を通り抜けると地理的にはファーブルムだよ」

「へえ、結構簡単に行けるんだな」

感心したケントの声に、私は首を振る。

「洞窟の真ん中くらいにボスの大蛇がいるから、倒さないと駄目なの。そこそこ実力がないと、使えないルートかな」

「まじか。シャロンがそう言うくらいだから、強いんだろうな」

「私たちなら余裕だから、大丈夫！」

ということで、ドラゴンに乗って出発——ではなく、ひとまず観光予定の枝垂桃までは歩いてみることにした。おばさんがお勧めしてくれたので、おそらくそこまで距離はないだろう。

「んじゃ、俺が先頭を歩くぞ」

「お願い！」

ケントが周囲の警戒をしつつ歩き出したので、私たちもそれに続く。

……そういえば、おばさんには詳細な場所を聞かなかったね。

しかーし！　私はゲーム時代に見たことがあるので、枝垂桃の場所もバッチリ覚えているのです。

ゲームでも綺麗《きれい》なグラフィックだったので、お気に入りポイントにしているプレイヤーは多かった。

それを現実で見られてしまうのだから、楽しみで仕方がない。

「モンスターだ！　〈挑発〉!!」

「っとと、〈必殺の光〉！　それから支援……っと」

ケントの声で我に返り、私は支援をしていく。現れたのは〈桃泥棒〉といって、盗んだ桃を投げて攻撃してくるという猿に似たモンスターだ。こいつのドロップアイテムは〈熟した桃〉と〈未熟な桃〉の二種類だけであまりおいしくはないのだけれど、その分ギルドの討伐依頼の報酬がほかのモンスターよりも高くなっている。

　フレイが一撃で倒してしまい、「なんだ弱いじゃないか」なんて言う。そして光の粒子になって消えた〈桃泥棒〉のところに、ルルイエが走っていく。

「……桃！」

「あ、ルル！　それは〈未熟な桃〉だから美味しくないよ！　……たぶん」

　どうせなら〈熟した桃〉が落ちてくれたらよかったのだけれど、あれは確かドロップ率が5～10%くらいだったはずだ。

「ええ…………美味しくない」

「あー、やっぱりね」

　私は苦笑して、「そのうち〈熟した桃〉が出るよ」とルルイエを慰める。それに反応したルルイエの目がキュピンと光った。

「たくさん倒す！　〈ダークアロー〉!!」

　ルルイエは高く跳び上がって、周囲にいた〈桃泥棒〉に向けてスキルを放ちまくった。いつもは一歩引いたところにいるルルイエだが、食べ物が絡むと張り切ってくれるようだ。

　……今度何かあれば、美味しいもので釣ろう。

　一匹、二匹、三匹……と〈桃泥棒〉を倒すがまだ出ない。

「むう……ん？」

『アチョチョチョチョ！』

「桃！」

飛び出してきた〈桃泥棒〉がルルイエ目がけ、桃を投げて攻撃した！　――が、それをルルイエが口を開けて受け止めてしまった。

え、そんな防御？　ありなの!?

「いくら桃だからって、攻撃を食べるのはどうなの？」

ルルイエがもぐもぐしているところを見ると、問題なく食べられるようだ。しかしタルトは顔を青くして、「お腹の薬が必要ですにゃ!?」とポーションの準備をしてくれている。

すると、食べ終わったルルイエがとても悲しそうな顔をした。

「…………美味しくない」

「あー……。どう見ても、攻撃で投げてる桃は硬そうだからね」

ピンク色にもなっていない、硬い桃だ。食べるときに変だと気づきそうなものだけれど、もしかしたら美味しいかもしれないという1％の可能性にかけたのかもしれない。ルルイエは新たに出てきた〈桃泥棒〉に、怒りの〈ダークアロー〉をかましている。ちなみに、ルルイエが無双状態なので、私たちは見物しているだけだ。

そんなことを考えていたら、「出た！」と嬉しそうなルルイエの声が耳に届いた。さすがです。桃への執念がすごい。

「わ、美味しそうですにゃ」

ルルイエが手に持っている〈熟した桃〉はキラキラ輝いていて、まさに食べごろですというのを桃が主張しているみたいだ。

「美味そうだな」

「こんな桃、見たことないわ」

「オーケー、みんなで食べよう」

「輝いています！」

　フレイ、ルーナ、リーナ、ミオもごくりと喉を鳴らしている。かくいう私も、〈熟した桃〉の芳《ほう》醇《じゅん》な香りによだれが出そうになってしまって仕方がない。

「……ルルの持ってる一つじゃ足りないから、もっと狩って、せっかくだから枝垂桃のところで食べるのはどう？」

「「賛成!!」」

「賛成ですにゃ！」

「もっと狩る……！」

　みんなの思いが一つになった――！

「〈魔力反応感知《マナサーチ》〉！　あっちにモンスターの気配あり！」

「よし、〈挑発〉!!」

「任せて！　〈ダークトルネード〉！」

　ココアが〈桃泥棒〉を探し出し、ケントがおびき寄せ、ルルイエが攻撃する。なんとも効率がいい倒し方だ。

ケントはどんどん進んでいるけれど、幸い進路は枝垂桃に向かっている。特に私が場所を教えなくても到着しそうだ。


「んんん〜〜っ！　美味しすぎる!!」

「美味しい〜！」

「幸せですにゃ〜！」

「ん、これは最高の桃……！」

枝垂桃の木の下で、私たちは〈熟した桃〉を堪能しています。

ピンク色の小さな花が下に向かって咲き、その合間に小さな桃が実っている。すぐ近くには木で作られたベンチがあり、ゆっくりすることができた。観光する場所としてはもってこいだが、〈桃泥棒〉がときおりやってくるので、一般人が来るのは難しいだろう。

桃はタルトが手際よく剥《む》いてくれて、私は食べるだけという贅沢《ぜいたく》をさせていただいております。

「それにしても、やっぱりこの桃の木は素敵だねぇ」

思わず寝転んで枝垂桃を眺めたいほどだ。

「圧巻ですにゃ！　お師匠さまと一緒だと、いろんな景色を見ることができて楽しいですにゃ」

「ふふっ、これからもいろんな景色を見るために冒険するからね。まずはダンジョン〈大蛇の洞窟〉で洞窟探検を味わうところからかな？」

「それはいい景色なのか……？」

私の言葉に、速攻でケントがツッコミを入れてきた。確かに洞窟を探検する気分は味わえるけれど、景色がいいかどうかと問われたら……まあ、よくはない。だって暗くてジメジメした洞窟だし。

「うーん……。ファーブルムに到着するまでの間に、他にいい景色がないか期待するしかないね」

肩をすくめながらそう告げると、みんなが笑った。

ダンジョン〈大蛇の洞窟〉

フィールドを抜けた先に待っていたのは大きな岩山と、そこにある洞窟だ。洞窟の入り口は高さ三メートルほどあり、中も十分な高さがある。ただ中は普通の洞窟で、地面のところどころにある光る石がなければ真っ暗だろう。

一歩足を踏み入れたケントが光る石を見て、「なんだこれ!?」と驚きの声をあげた。

……そういえば、ゲームではただのオブジェだと思ってまったく気にしてなかったや。現実に光る石が落ちてたら……確かに気になりすぎてしまう。

「光る石なんて、レアアイテムじゃない!?　私、持って帰っちゃおうかな！」

さっそくリーナがうきうき顔で、光っている石を手に取った。それならば私も！　と便乗しようと思ったのだけれど、悲しきかな……リーナが手にした瞬間、石は光らなくなってしまった。

「ええっ、どういうこと!?」

「あ、また光りましたにゃ！」

驚いたリーナが石から手を離すと、地面に落ちて再び光り始めた。どうやら、この石は地面に接していることで光る仕組みになっているみたいだ。

……なるほど、あくまでもこのダンジョンでしか使えない光る石ということなのか。

私もほしかったけど、そう上手《うま》くはできてないね。残念だ。

「なんだ、ここでしか光らないのか」

「俺もほしかったのに……」

「私も……」

フレイ、ケント、ココアもがっかりしている。しかしよく見るとルーナやミオもしょんぼりしているので、ルルイエ以外はみんなほしかったのだろう。

「こればっかりは仕方ないから、ダンジョンのお宝に期待しよう！」

気を取り直すべく私が告げると、ケントが「それもそうだな！」と元気に頷《うなず》いてくれる。

「フレイ、先頭はどうする？　俺が行くか？」

「いや、私が行こう。最近はケントに任せることが多かったからな」

「了解！」

どうやらフレイが先頭を歩き、その後ろをケントが担当するようだ。斥候はリーナが行うけれど、今回はそこにタルトが同行してやり方を教えてもらうことになっている。

「わたしも頑張りますにゃ！」

「タルト、気をつけてね」

「はいですにゃ。将来的には、どこにでも素材を取りに行ける〈錬金術師〉になりますにゃ！」

ふんすと鼻息を荒くしたタルトは、一番気合が入っているかもしれない。〈聖女の加護〉をかけてあげたら、リーナと一緒に高くジャンプしつつ様子を探りに行った。タルトはケットシーなだけあって、もともとの身体能力も高いのだ。

「いつの日か、タルトがソロでも戦う〈錬金術師〉になるときがくるかもしれないね」

「「「…………」」」

私が感慨深げに呟《つぶや》くと、みんなに何を言ってるんだ？　という目で見られてしまった。


「〈氷柱の矢《アイシクルアロー》〉！」

「やあ！」

ルーナの攻撃が〈サンドスネイク〉に命中し、凍らせる。そこをフレイが剣で斬りつけ、真っ二つにして倒す。光の粒子になって消えると、その場には〈蛇の抜け殻〉が残る。特に何かに使えるわけではない、売却するだけのアイテムだ。

「ん、順調だね」

「思ったよりも敵が強くないな。……いや、私たちが強くなったから、そう感じているだけか？」

「たぶんそうだと思う」

先頭を歩くフレイとそんな会話をしていると、ふいに「ん？」とフレイが横を見た。洞窟の岩壁があるだけで、特に何かがあるわけではない。

「どうしたんだ？」

フレイのすぐ後ろを歩いていたケントが、首を傾《かし》げて岩壁を見た。

「いや……なんとなく気になってな」

「それって、〈勇者の直感〉ってやつじゃない……？」

「あ、そうかもしれないな」

私の言葉に、フレイがぽんと手を打った。

〈勇者の直感〉というのは、パッシブスキルだ。とくに意図しなくても発動するスキルで、直感が働くというもの。さらに、前提スキルとして〈幸運〉スキルがレベル10必要なので、実はかなり優れたスキルではある。というのも、罠《わな》にかかることがほとんどなくなるし、宝箱などの発見率も上がる。つまり超ラッキーガールになるということだ。フレイはもともと〈幸運〉スキルを持っていたので、今まで冒険していた際も、ある程度はそのスキルで救われた場面もあるはずだ。

……というか、私がほしいよそんなラッキースキル！

「もしかしたら、この壁に何かあるのかもしれないな」

フレイが岩壁を手で叩《たた》くと、ゴンゴンという音がした。

「ふむ……」

ゴンゴン叩きながら位置を少しずつずらしていくと、コンコンという軽い音に切り替わった。どうやら、奥が空洞か何かになっているようだ。

「――！　もしかしたら、隠し部屋があるかもしれない。宝箱か？」

フレイの表情がぱっと輝いて、楽しそうだ。

……でも、あんなところに仕掛けなんてあったかな？　私はハテと首を傾げつつ、岩壁を壊そうとしているフレイの行動を見守る。

「やあっ！」

何度か岩壁を叩くと、崩れて奥の部屋が見えた。うわ、いったい何が!? と思ったのもつかの間で、すぐにわらわらと〈スネイクソルジャー〉が出てきた。かなり高レベルで、手足が生え、防具と武器を装備している蛇のモンスターだ。

「モンハウ!? 〈月の光〉〈星の光〉〈必殺の光〉!!」

私がスキルを使うと、みんなもすぐさま戦闘態勢に入る。ケントが〈挑発〉してソルジャーの攻撃を一手に引き受けたので、私は〈守護の光〉を何度もケントにかける。ソルジャーが軽く二〇匹はいるので、あっという間に防御スキルが切れるからだ。

「なんですにゃ、この蛇は！ 強いですにゃっ!!」

タルトが涙目で叫びながら、「〈ポーション投げ〉にゃ！」と奮闘してくれている。〈必殺の光〉をタルトに使い、可能な限りダメージが三倍になるようにしておく。

……でも、さすがにソルジャーが多すぎるね。

フレイとリーナも前に出て頑張ってくれているけれど、どうしても攻撃が後ろまで流れてくる。

「〈虹色の癒《いや》し〉！ 倒し切ればなんとかなると思うから、頑張ろう！」

「「「応!!」」」

「にゃっ！」

私は回復しながら指示を出していく。ソルジャーを全体攻撃するよりも、一匹ずつ確実に仕留めていった方が楽だからだ。

「フレイ、右側のソルジャーをお願い！」

「ああ！」

「ルーナは氷で足止めをして！」

「まかせて！」

私たちが一緒に行動するようになって日が長いわけではないけれど、全員に向上心があることもあって、そこそこの連携は取れている。

『シャー！』

「蛇さんは静かにしててくださいね。〈風花《かざはな》の眠り歌〉！」

奥の方にいたソルジャーに、ミオが眠りの状態異常を付与するスキルを使った。一度攻撃したら覚醒してしまうけれど、単一撃破している今は効果的だ。

「よし、あと少しだ！」

「俺もいくぜ！　〈輝きの追撃《チェイスラッシュ》〉!!」

ケントの二連の攻撃がソルジャーに命中し、光の粒子になって消える。気づけば残りの数は半分もいない。

「いくにゃ！　〈ポーション投げ〉にゃっ！」

「〈ダークアロー〉！」

タルトとルルイエの連携が決まり、残りのソルジャーたちも一掃することができた。

「やりましたにゃ！」

「ん。これはご褒美のおやつタイムにするべき」

いぇいと手を合わせるタルトとルルイエだが、ルルイエはちゃっかり美味《おい》しいものを要求している。

「確かにそろそろ休憩は必要だね。……でも、ここはなんだろう？」

フレイが見つけたモンハウ――モンスターハウスの略で、モンスターが溜《た》まっている場所のことを指す――は一〇畳くらいの空間だった。

正直に言えば、ゲーム時代このダンジョンは別段人気でもなんでもなかった。そのため、まだ知られていない謎的なものがあってもおかしくはないんだけど……。

「あ、宝箱があるぞ！」

「えっ!?」

宝箱!?

フレイの言葉を聞いて、私は奥をガン見する。すると、確かに宝箱が一つ置かれていた。これはガチでやばい。私が――プレイヤーが誰も知らない宝箱だ。

「うわ、すごい……」

思わず感動の言葉が漏れてしまったのは、許してほしい。今までの宝箱はある場所を把握してたから、そんなに感動はなかった。だけど今は、初めて見つけた宝箱が目の前にある。これが冒険の醍醐味《だいごみ》なのだと言われたら、素直に頷くことしかできない。

「はやく、はやく開けよう！」

私がワクテカしながら主張すると、「シャロンがはしゃぐなんて珍しいな」とケントが笑う。

「私だってはしゃぐときもあるよ！　たっからばこ！　たっからばこ!!」

手を叩きながら盛り上げると、みんなが頷いて宝箱へと歩み始めた。

フレイが宝箱に手をかけるのを見て、私は思わずその手を掴《つか》んだ。

「シャロン？」

「あ……。ごめんなさい。えっと、よければ私に開けさせてもらえたりしないかなぁ……？　なんて……」

だって！　初めて見る、中身がさっぱりわからない、けど隠し部屋にあった宝箱だよ！　こんなの、気にならない方が絶対おかしいでしょう。隠されていたことを考えると、時間経過で再び出現するタイプではなく、最初の一人だけが手にすることのできる宝箱の可能性が高い。

私の目があまりにもランランとしていたからか、フレイがクスッと笑った。

「本当に、シャロンがこんなにはしゃぐなんて珍しいな。〈桃源郷〉やこのダンジョンに案内してくれたのもシャロンだし、宝箱くらい好きに開けてくれ」

「シャロンも普通の人なんだって思えた気がするぜ」

「フレイ、ありがとう！　ケントはちょっと失礼じゃない!?」

まったくと怒りつつも、私はフレイの前に出て宝箱に手をかける。木でできた宝箱だけれど、期待感が半端ない。

「ではでは！」

「何が出るですにゃ〜？」

「美味しいご飯……？」

「……それは難しいかもしれないですにゃ」

タルトとルルイエの会話にほっこりしつつ、いざオープン！　私がゆっくり宝箱を開けると、ぱあっと光が溢《あふ》れた。これはレアアイテムが入っているときに出る光なので、すごくいいものが入っているわけではないけれど、なんらかの装備くらいなら期待してもよさそうだ。

開けた宝箱の中を見ると、〈流れ星のポーション〉〈月のポーション〉〈月のマナポーション〉などのポーション類がたくさん入ってて、その上に野球ボールくらいの黒い球体と、〈勇気のベルト〉という装備が入っていた。

……この黒い球体はなんだろう？

手に取って説明を見ると、ああ、昔あったイベントのアイテムだということをすぐに思い出した。〈大混乱〉というギャグみたいなアイテムで、割るとモンスターが出てくるという代物だ。出てくるモンスターは使用者のレベルによって上限や数が決まる。そのため仲間内で玉を割って、誰が一番強いモンスターを出すか勝負して遊んだりした。

「〈勇気のベルト〉――これは防御力が上がる装備だから、ケントが装備するのがいいかもしれないね。デザインも硬めだから、男の方が似合うだろうし」

「俺がか!?」

私が装備の説明をすると、ケントがうずうずし始めた。とはいえ、別に使用者の性別が固定されているわけではないので、誰が使っても問題はない。防御力アップなので、前衛か、防御が足りていない人が使うのがいいだろう。

「フレイとかリーナでもいいけど、地味に重いから身軽さを生かしてるリーナにはあまり向かないかもしれないね」

「確かに結構重たいね」

私がベルトをリーナに渡すと、自分には重たいと首を振る。

「防御力か……。私はどちらかというと、攻撃力の方がほしいからな。リーナが重いと感じるなら、ルーナとミオが装備するのも微妙だろう」

「それは確かに。それじゃあ、ひとまずケントに装備しておいてもらおうか」

「いいのか!?　サンキュ！」

ケントがぱあっと表情を輝かせ、すぐさま装備した。これでケントの防御力がアップした。装備部位としてはアクセサリーなので、このベルトはそこそこレアな部類に入る。しばらく使えるだろう。

「あともう一つの玉はなんだ？」

「それは割るとモンスターが出てくる、ちょっとした遊びアイテムみたいなものだよ」

「……モンスターが出てくるなら、大惨事じゃないか？」

「それもそうだ」

私がゲーム時代で使っていたニュアンスで説明をしたら、フレイに真剣な表情で返されてしまった。ゲーム時代であればうっかり割ってもほかのプレイヤーがいたからモンスターはすぐ討伐されたけれど、この世界ではそれも難しいだろう。

「なら、この玉は……どうしようか？　私たちが割ってもいいけど、そこそこレベルが高いから強いモンスターが出る可能性があって、あんまりお勧めできないかも」

「シャロンが勧めないなら、絶対に割らない方がいいな」

フレイはため息をついて、さてどうするかと考えているようだ。すると、ミオが「あの！」と声を出して前に出てきた。

「わたくしに預からせてもらえませんか？　〈巫女《みこ》〉として、そのような玉の存在を放置しておくわけにはいきません！」

胸元で手を組んで声をあげるミオを見て、私はさてどうしようかと悩む。フレイたちの人となりであればある程度はわかっているけれど、ミオとの付き合いはそう長くない。この玉を悪用されては困るのだ。

私が考え込んでいると、フレイが「私は構わない。ミオは悩みがある人の懺悔《ざんげ》なんかもよく聞いているしな」と言った。

……すごい、本当に聖職者してるんだ。

フレイの言葉に照れたミオは、私たちに提案を持ちかけてきた。

「〈勇気のベルト〉をシャロンたちのパーティに。この〈大混乱〉の玉を私たちのパーティの取り分とするのはどうですか？」

「え……」

ミオの提案に、私は思わず目を見開いた。いくらなんでも、その提案はちょっとおかしいのではないだろうか。

すると、ミオは「すみません」と焦り始めた。きっと私が訝《いぶか》しむような表情だったから、まずいことを言ってしまったと思ったのだろう。

「そうですよね。ベルトと玉と、どちらの価値もわからないですもんね。この玉にものすごい価値があることはわかりますから、シャロンたちの取り分が少ないことになってしまいますもの」

「あ――」

なるほど、だがそうではない。

私が微妙に思ったのは、ベルトと玉を比べたら圧倒的にベルトの方がいいので、ミオたちの利益がほとんどないことを懸念したためだ。

「価値はベルトの方が高いから、それは全然気にしなくていいよ！　なんなら、一緒に入ってるポーションを全部そっちにつけてもベルトの方が高いから」

「そ、そんなにですか……」

思いのほかベルトの価値が高いこと――いや、どちらかといえば玉の価値が低すぎることに驚いているみたいだ。

……でも、これはゲーム時代のプレイヤーの評価だからね。この世界を基準に考えたら、玉の価値はもっと上がるかもしれない。そう考えたら、別にそこまで差のある取り分にはならないかな？

「うーん……。でも確かに〈大混乱〉は人によって価値が大きく変わるから、私の価値観で計ったらいけないかもだね。私はミオの提案に異議はないよ」

私がそう告げると、私のパーティ——タルト、ケント、ココア、ルルイエが問題ないとばかりに頷く。フレイ、ルーナ、リーナも問題はないようだ。

「それじゃあ、ケントがベルトで、私たちは〈大混乱〉とポーション類をもらうわね」

ルーナの言葉に頷き、宝箱の取り分が決定した。

「まさか俺にアクセサリー装備が増えるとは思わなかったぜ……。ありがとう、みんな」

「前衛は防御力が大事だもんね。頑張ってね、ケント」

「おう！」

感謝を述べるケントをココアが応援すると、ぐっと拳を握って笑顔を見せた。


それからしばらく進むと、洞窟の中間地点に到着した。ここはボスの固定湧きスポットなので、誰かが倒さない限り常に〈闇色の大蛇〉が居座っている。

「……っ、すごい。姿が見えないのに、圧を感じる……！」

斥候として先に〈闇色の大蛇〉——大蛇を見に行こうとしたリーナの足が、わずかに震えている。

……確かに、ここに来たら空気もひんやりした気がする。

私は深呼吸を繰り返し、体を落ち着かせてから全員に支援をかけ直す。それを確認するとすぐ、リーナが震える足を叱咤《しった》して斥候へ向かってくれた。気丈にしている姿は、さすがとしか言いようがない。

「シャロン、〈闇色の大蛇〉のおさらいをするぞ」

「うん」

「大蛇は……色が黒く巨体で、その太さは約三メートル。鱗《うろこ》は硬くて剣と魔法が効きづらいから、顔を狙う……だったよな？」

　ケントが全員に聞こえるよう説明してくれたので、私は頷く。

「そう。口から舌を一回出したら、尻尾を使った全体攻撃がくるからジャンプで避《よ》けて。舌を二回出したら、鱗を飛ばしてくる。これはかなり攻撃力があるうえに、スピードもある。避けるのはあきらめて、私がかけた防御スキルで弾《はじ》く感じかな。すぐにかけ直すから、安心して当たってくれていいよ」

「……わかった。俺はシャロンを信じてる」

「わたしもですにゃ」

「シャロンの腕は一級品だからな」

　大蛇が使うスキルの説明をしたら、タルトだけではなく、フレイたちも私のことを信じて戦ってくれるという。

　……くうう、支援冥利《みょうり》に尽きるね！

「私の支援が火を噴くぜ！　っていうくらい頑張るから、ガンガンいっちゃって！」

「ああ、もちろんだ！」

フレイの頼もしい返事を聞いたところで、単独で様子を見に行っていたリーナが戻ってきた。

「いた、いたよ！　すっごくでかいのが!!」

リーナの言葉に、全員が真剣な表情でごくりと息を呑《の》んだ。


大蛇との戦闘前に、私は全員に支援をかけ直す。ミオも〈巫女〉の支援スキルを使ってくれているので、苦戦はするかもしれないけれど、負けることはないだろう。

「よし、行こうか……！」

「ああ！　まずは俺が一撃入れてきてやる」

私の言葉にケントが頷き、「うし！」と気合を入れて地面を蹴った。大きくジャンプしながら、大蛇に初撃を与えるのだ。そしてその勢いのまま、〈挑発〉を使って大蛇の攻撃を一手に引き受けてくれる。

黒く大きな大蛇は『シャアアァァッ』と声をあげて、自慢の尻尾を振り回す。尻尾は容赦なく襲ってくるが、それでケントが怯《ひる》むことはない。

……本当、強くなったね！

「よし、大蛇のターゲットがケントになったよ！　みんな、攻撃開始！」

私は叫ぶなり、すぐに〈必殺の光〉をかけていく。これで上手く大技を使うことができれば、かなりのダメージを与えることができるだろう。

「出だしは好調！　ミオ、よろしく」

「はい！　〈速度低下〉〈防御低下〉〈攻撃低下〉!!」

ミオがすかさず大蛇に弱体化《デバフ》系のスキルをかけていく。これだけでも、だいぶ戦いやすくなったはずだ。しかしミオはさらに集中力を高め、仲間に強化《バフ》もかけていく。

「――舌！　全体攻撃がくるぞ！　ジャンプだ!!」

ケントの声が響き、すぐに使おうとしていたスキルを取りやめる。私は足にぐっと力を入れて跳び上がった。が、すぐ近くにいたミオはスキルを使うことに夢中でケントの声に気づかなかったみたいだ。大蛇の尾が命中し、吹っ飛ばされた。

「〈絶対回復〉〈守護の光〉！　ミオ、スキルを使う以上に周りの状況を把握することに集中して！」

「……っ、はい！」

ミオは体力を少しずつ回復させるスキルを使い、立ち上がる。その視線は大蛇に向いているけれど、時々ほかの仲間たちにも向けられている。全体を見るよう注意しているのがわかった。

……これでミオは大丈夫そうだね。

私は支援スキルをかけ直しつつ、戦闘の状況を見る。ケントが上手く攻撃を流すように受け止め、そこをみんなが攻撃している。洞窟内なのでタルトの〈火炎瓶〉は使い勝手があまりよくないけれど、ルーナの氷系の魔法スキルはかなり効果的だ。

このまま戦っていれば、問題なく倒すことができるだろう。

私は〈月の光〉を使いながら、大蛇の様子を見る。すると、素早い動作で舌を二回出した。いけない。

「鱗が飛んでくるよ！」

私はそれだけ叫ぶと、意識を集中させる。大蛇の通常攻撃はそこまで強くはないけれど、硬い鱗を飛ばしてくるこの攻撃だけは、食らうと致命傷になる。おそらく死にはしないだろうけれど、最悪の場合も考えられる。

……全員に防御はかかってる。

『シャッ!!』

大蛇が体を大きく振り回すと、一気に鱗が飛んできた。一枚ならいいのに、何枚も――何撃もくる。

「うおっ！」

「にゃっ!!」

ケントとココアに鱗が当たったので、私はすかさず〈守護の光〉をかけ直す。――というのを、鱗の攻撃の間中ずっと繰り返すのだ。すると鱗が一枚、私目がけて飛んできた。しかし同時にミオにも鱗が命中している。

「――っ！」

……やっぱりこの攻撃だけは、結構辛《つら》い。

自分に当たった鱗は防御で弾かれ、地面に落ちる。しかしそんなことはどうでもいい。今は〈守護の光〉のかけ直しだ。ミオにかけ直したタイミングで、ココアとルーナにも直撃した。私のはまだもつので、二人に先にかけ直す。

「〈守護の光〉〈守護の光〉っと！」

そろそろ鱗攻撃も終わりなので、そこが一番のチャンスだ。鱗を剥《は》がして攻撃した反動なのか、大蛇が数秒硬直する。ここで一気に大技を仕掛けてしまえば、倒すことができるだろう。

〈守護の光〉をかける合間に、〈必殺の光〉もかけていく。全員が攻撃力三倍になれば、大蛇だってひとたまりもない。あとはフレイにかければ、全員の攻撃力が三倍になる。

よしよし、これでバッチリ——そう思っていた矢先、最後の鱗の攻撃が、最悪なことに私へ向かって連続で飛んできた。

「——っ、〈必殺の光〉!!」

「シャロン!?」

フレイの叫び声が、私の耳に届く。私が自分への防御ではなく、フレイへの支援を選択したからだろう。鱗の攻撃は私のバリアを破って、右肩下くらいにヒットした。

……よかった、生きてる。

「一斉攻撃！」

「……っ、わかった！」

私は崩れ落ちつつも、フリーズした全員に指示を出す。心配してくれたのは嬉《うれ》しいけれど、今は戦闘中だ。自分を回復し、一斉攻撃をくらった大蛇を見る。

「倒せてるといいんだけど……」

「シャロンの仇《かたき》……くらえ大蛇！　〈深淵の果ての一撃《アビスブレイク》〉!!」

みんなの攻撃が大蛇に当たり、最後にフレイが大きく跳んで大蛇に一撃を入れると大蛇は光の粒子になった。――って、私は死んでないんだが!?

すぐにタルトが私に駆け寄ってきて、「ポーションですにゃ!!」と涙目になっている。

「もう回復したから大丈夫だよ。ありがとう、タルト」

「本当ですにゃ？　よかったですにゃ……。お師匠さまが死んじゃったかと思ったですにゃっ」

タルトが私にぎゅーっと抱きついてきたので、本当に心配してくれているということがわかる。

「そうです、無茶しすぎです！　わたくし、心臓が止まるかと思いました……っ!!」

もう一人、タルトと同じく涙目になっている人がいた。ミオだ。いくらなんでも無茶しすぎだと、支援職でも自分を一番大切にしなさいと、そんなことを切々と語ってくる。……まあ、その気持ちもわからなくはないけど、今回は一撃食らっても死なない自信があった。正直に言えばミオが私のフォローをしてくれれば完璧だったんだけどげふんげふん。

「まあ、私は無事だし次にいこう！　何かドロップアイテムはあるかな～？」

私は元気に声をあげて大蛇が死んだ場所に行くと、ケントとフレイが怪訝《けげん》な顔をしていた。ルルイエは「食べ物じゃなかった」と残念そうだ。ぶれないね。

「シャロン、大丈夫か？　さすがにびっくりしたけど、シャロンだから大丈夫だろうと思ってたぜ！」

「無事でよかった、シャロン」

「ケントとフレイの信頼が厚くて嬉しいよ。それで、何があったの？」

ドロップアイテムを覗《のぞ》き込んでみると、蛇型の笛が一つ落ちていた。当たりとも外れとも言いがたい微妙なラインだけど、移動手段の少ないこの世界のことを考えると……当たりかも？　きっと笛アイテムなので、二人はドラゴン召喚と同じ想像をしたのだろう。それ、合ってます。

「とりあえず、吹いてみたらどうかな？」

「吹いていいのか！　わかった！」

フレイはすぐにぱっと表情を輝かせて、ためらうことなく笛を吹いた。隣にいたケントが驚いた顔をしているが、そうだったね、フレイはとりあえずやってみろの精神を持った人だったね。

ピロロロ〜という笛の音がして、ズズ……ズズズ……と這《は》うような音が聞こえてきた。

「な、なんですにゃっ!?」

「嫌な音です……」

「警戒!!」

タルトがぴゃっと跳びはねて、ミオは不快を示す。リーナは何が起きてもすぐ対応できるように構えの体勢をとった。

ズ……という引きずるような音と共に、洞窟の奥から大蛇が現れた。私たちが先ほど戦っていた〈闇色の大蛇〉のミニサイズ版といったところだろうか。とはいえその太さはざっと一メートルほどあり、長さも五メートルほどある。出くわしたら、悲鳴をあげるしかないほどでかい黒い蛇だ。

笛を吹いたフレイは頬《ほお》を引きつらせながら、私を見る。

「シャロン、こ、これは……」

「移動手段の蛇だね。五人くらい乗れるし、森の中もすいすい移動できちゃうから……地味に重宝できるよ」

「なるほど……」

ゲーム時代はあまり気にしなかったけれど、現実で蛇に乗って移動するというのは……爬虫類《はちゅうるい》に対する拒否反応がすごそうだ。私は可もなく不可もなくという感じではあるけれど、できればあまり乗りたくはない。

……まあ、楽しむために歩けばいいよね！

ちなみにケントとルーナは割と好意的で、それ以外はちょっと遠慮したい……という雰囲気を醸し出している。

「これもまあレアなアイテムなんだけどね」

私がそう言って苦笑すると、フレイは「それはそうだな」と頷く。

「物は試しだ、出口まで乗っていってみるのはどうだ？」

「それはいいけど、全員は乗れないよ？」

「む、それもそうか」

フレイが悩んでいると、ルーナが「それなら……」と手を上げた。

「私とケント、それからミオの三人で乗って先行してみるのはどうかしら？　前衛、後衛、支援がいれば大丈夫でしょうし」

「えっ!?」

「ああ、それは名案だな。じゃあ、笛は一度ルーナに渡すから再召喚を頼む」

「わかったわ」

いったん蛇を帰して、今度はルーナが笛を吹いて蛇を呼び寄せる。「いい子ね」と撫《な》でているところを見ると、ルーナは本当に蛇が大丈夫のようだ。というか、好きなのだろう。隣でミオが涙目になっているけど、ルーナが「頑張って克服しましょうね」と言っている。さすが勇者パーティ、いろんな意味でスパルタだ……！


うきうきのルーナが先頭に乗り、その後ろにケント、ミオが乗り、蛇は洞窟の出口に向けて出発していった。


「……蛇に乗らなきゃいけないなら、わたしに勇者パーティは無理ですにゃ……」

「そういえば猫って蛇が苦手だったよね。でも〈スネイクル〉とかは普通に倒してたし、案外平気なものなの？」

タルトが若干青ざめていたので聞いてみると、「小さいのは大丈夫ですにゃ」と返ってきた。

「〈闇色の大蛇〉も怖かったですけど、あれは倒すべきボスですにゃ。だから平気なんですにゃ。でも、普通の大きな蛇はあんまり得意じゃないですにゃ……」

「モンスターはいいけど普通の大きな蛇は嫌ってことだね」

なるほど了解です！　一緒に旅をする上で、仲間の苦手なものを知っておくことは大切だ。モンスターの蛇が問題ないのであれば、無理に克服する必要もないだろう。

「じゃあ、あの蛇の乗り物はうちのパーティには無理だね。ケントには申し訳ないけど……」

私はそう言いつつココアへ視線を向けると、大きく頷いていた。

「私もできれば蛇は遠慮したいかな。得意ではないというか……まあ………苦手で……」

「わたしは大丈夫」

小さくなるココアと、まったく問題ないと告げるルルイエ。とりあえず絶対ほしい！　と言われなかったことにほっと胸を撫で下ろす。

「装備をケントが使ってるし、フレイたちのパーティの取り分にしてもらうのがよさそうかな？」

「あ、それはいいね！　賛成！」

ココアがすぐさま声をあげると、フレイとリーナが驚いた。

「これはかなりレアな召喚騎乗だぞ。そんな簡単に決めていいのか？」

「そうだよ。正直、私は蛇嫌いだし……」

驚きつつも期待のこもった目をしているフレイと、嫌だと必死で首を振っているリーナが対照的すぎるよ。

「私は売ってお金に換えて分配……っていうかたちでもいいけど、どうしよう？　ルーナはほしがりそうだよね」

「それ！　絶対にほしいって言いそう……。うう、どうやって説得しよう……」

リーナが頭を抱えて悩みだしてしまった。まあ、ルーナに渡しても問題はないのだけれど……パーティの戦力が上がるものではないから、ちょっと微妙な感じになってしまうのかもしれない。

……難しいけれど、そこはフレイたちで相談をしてもらうしかないね。

「それじゃあ、私たちも行こうか。フレイ、前衛よろしくね」

「ああ、任せておけ」

私たちはフレイを先頭にして、ルルイエ、タルト、ココア、私、リーナの順で出口を目指した。


ドラゴンが風を切って飛んでいく道中で、フレイパーティは会議を繰り広げている。

「どうして!?　五人も乗れる移動手段なんて、すごいじゃない！　しかも、馬が走るより全然速いのよ。パーティで使わないなんて、そんなのもったいないわよ！」

「でも、蛇だよ!?　嫌だよ!!」

……いや、会議というより口論かな？

蛇がほしいルーナVS絶対やだやだリーナのバトルが勃発《ぼっぱつ》なうです。

「まあ、私たちは急いでないからどうするかゆっくり考えてみてよ」

「俺は蛇、ありだと思うんだけどなぁ」

私が笑いながら告げると、ケントがルーナの肩を持っている。しかしココアが嫌がっているからか、うちのパーティで使おうと主張することはなかった。

しばらく飛んでいると、街が目に入った。私の生まれ故郷、〈ファーブルム王国〉の〈王都ブルーム〉だ。花が名産で、街じゅうに色鮮やかな花がたくさん飾られている、穏やかな気候の国――。

……ついに到着してしまったか。

私はため息をつきたくなるのをこらえつつ、街を指さしてみんなに呼びかける。

「ファーブルムが見えたよ！」

「「「おおお〜〜！」」」

「わー、なんだか綺麗《きれい》な街ですにゃ！」

フレイパーティの蛇どうする問題も一度小休止のようで、街を見て「カラフル！」「花が咲いてるらしいぞ」などと話している。

「シャロンの実家があるんだったな」

「うん。ファーブルムに滞在中は遠慮せずに泊まっていってよ」

「それは助かる！」

「みんなならいつでも大歓迎だよ〜」

私がウェルカムムードを見せると、フレイは「楽しみだ！」とウキウキし始めた。リーナは「どんな家だろう？　やっぱり花が多いのかな？」なんて言っている。確かに庭園はしっかり手入れしているから、華やかだね。

「この数のドラゴンで街に近づくと驚かせちゃうから、少し手前から歩いていこうか」

ゆっくり地上に下りた私たちは、のんびり歩きながらブルームへ到着した。

「花の都とも言われてる〈王都ブルーム〉！　とっても素敵ですにゃ！」

　街に入ってすぐ、タルトが目を輝かせた。その横ではココアも頷いていて、「優しい感じがするよね」と言っている。

「前にケントの転職で来たけど、そんなにゆっくりはできなかったから……。今回はめいっぱい観光したいな。できるなら、ほかの街にも行ってみたいかも」

「それはいいですにゃ！　ゲートも登録したら、いつでもまた行けますにゃ」

「名案！」

　タルトとココアが二人で盛り上がっているゲート登録の旅には、ぜひ交ぜてほしい。次の目標は、すべての街のゲートを登録することだね。私はいろいろな場所の景色をすぐ堪能しに行けるし、タルトは〈製薬〉の材料集めにちょうどいい。

「ゲートの旅だね。ファーブルムには、ほかに〈山間《やまあい》の村トーラス〉〈漁師の村〉〈花の街チューリア〉〈水の街リューレン〉〈花市場〉があるよ。それと、国境付近に〈旅人の宿〉と〈くつろぎの宿〉があるね」

　〈旅人の宿〉は私が〈エレンツィ神聖国〉に行く際に立ち寄った場所で、〈くつろぎの宿〉は〈ローラルダイト共和国〉に行く際に立ち寄る場所だ。

「お花関連のお店が多いですにゃ」

「そうだね。花が名産だから、花のアクセサリーとか、そういうのも売ってるよ。もっと花が見たければ、チューリアに行くと圧巻！　っていうほど花が見られるよ」

「わああ、楽しみですにゃ！」

チューリアは花がたくさんある美しい街で、療養に訪れる人も多いと聞く。新しい品種の花の開発なども行っていて、研究が盛んな街だ。

「さて……観光もいいけど、私の家に行こうか。〈鞄《かばん》〉があるから置く荷物がそうあるわけじゃないけど、いったん落ち着いて話もしよう」

「わかった。世話になる」

「「お世話になります」」

「お世話になりますにゃ」

フレイが頷くと、それに続いて全員が頭を下げた。


時間にして数ヶ月ほどだったけれど、随分と自分の家を懐かしく感じる。〈王都ブルーム〉はまったく変わっておらず、屋敷も私が国外追放を言い渡されたときと同じだ。花の国と謳《うた》われるこの国は、帰ってきた私を色とりどりな花たちが優しい香りで迎えてくれる。

……イグナシア殿下が嫌いなだけで、家やこの国が嫌いなわけではないからね。

「ここが私の家だよ。みんな、ゆっくりしていってね」

「「「…………」」」

私が門の前に立ってそう告げると、全員がぽかんと無言になった。おそらく、私を見た門番二人が声を揃《そろ》えて「おかえりなさいませ！」と言ったことも理由の一つになっていそうだ。

「お、お師匠さまの家、大きいですにゃ……」

「一応、公爵家だからね。王城を除けば、この街で一番大きいかも？」

「にゃぁ……」

事前に私の身分については説明していたのだけれど、想像よりも屋敷が立派すぎたようだ。私は苦笑しつつ、門番に門を開けるよう告げる。

「シャーロット様の無事のお帰り、とても嬉しいです!!」

「すぐマシューさんにも伝えてきます!!」

「ありがとう、二人とも。私も、また二人の顔が見られて嬉しいです」

「「シャーロット様……」」

私が返事をすると、二人は嬉しそうに涙ぐみつつも、すぐ仕事に動いてくれた。門を開けてもらい、もう一人は執事のマシューに私の帰宅を知らせに屋敷へ走ってくれる。

……実際にこうやって待っててもらえたのを見ると、込み上げてくるものがあるね。

「お師匠さまは、とても大切にされていますにゃ」

「……うん。なんだか嬉しいね」

タルトの言葉に頷きながら、私は門番に礼を言って敷地へ入った。すぐに屋敷があるわけではなく、広い庭園の先に屋敷がある。

「庭園の先にあるのが屋敷だよ」

「すっげ……」

ケントが思わずといった感じで言葉を漏らすと、ココアが「ちょっと！」と肘で小脇を突《つつ》いた。

おそらく想像以上に立派な屋敷だったから緊張したのだろう。

「もっと気楽にしてくれて大丈夫だよ。しばらくうちに滞在するんだし、リラックスして」

「「それは無理」」

「無理ですにゃ……」

しかし私の提案も虚《むな》しく、すぐケント、ココア、タルトに首を横に振られてしまった。

……こうなれば意地でもリラックスさせてやるんだから！

私が庭の説明をしつつ歩いていると、玄関が開き、執事のマシューを先頭に何人もの使用人が出てきた。先ほど門番が伝えてくれたので、すぐ対応してくれたのだろう。

使用人たちは涙目になっていて、「シャーロット様!!」と声をあげた。

「ただいまかえりました」

「おかえりなさいませ、シャーロット様」

私が挨拶をすると、代表してマシューが返してくれた。後ろに並ぶ使用人たちは、マシューに合わせて深く礼をしている。

……久しぶりに見たみんなの顔に、私の目頭も熱くなる。ああ、やばい。泣いちゃいそう。もう一度、ここに帰ってくることができて本当によかった。

私はぐっと涙を呑み込んで、笑顔を作る。

「――ただいま！」

「「おかえりなさいませっ、シャーロット様……!!」」

ファーブルム到着！

久しぶりの自室は、私が屋敷を出たときと何も変わってはいなかった。私のお気に入りの家具や、ドレスに装飾品。今までと変わらず、手入れをしてくれていたのだろう。部屋は落ち着いた色合いにまとまっていて、今日はゆっくりできそうだなと思う。

……冒険者生活っていうか、ティティア関連があったから宿でも多少の緊張があったもんね。

しかし屋敷に戻ってきた今、すべての肩の荷が下りたような気さえする。実家ってすごい。

ほかのみんなにはそれぞれ一部屋ずつ割り振り、専属のメイドもつけたのでゆっくりしていることだろう。休憩のあとは晩餐会《ばんさんかい》と伝えたので、きっとメイドの手によっておめかしされて出てくるに違いない。楽しみだ。

「さてと、私は――」

まずは家族に会いにと思ったところで、廊下からドドドドと地響きが聞こえてきた。……私、この音がなんだか知っているよ。

「……まあ、心配かけちゃったもんね」

私は苦笑しつつ、そしてちょっとバツが悪いような顔で、ドアを開けた。すると、巨大な影がこちらに向かってきている。

「「シャル!!」」

「ただいま戻りました。お父様、お母様」

予想した通りの人物の登場に、私は頬《ほお》を緩めた。


私の父、テオドール・ココリアラ。

ミルクティーに似たホワイトブロンドの短い髪は私と同じ色合い。顎《あご》の髭《ひげ》は整えられていて、威厳がある。この国の騎士団長で、王城勤めだ。

私のことを蝶《ちょう》よ花よと可愛《かわい》がってくれて、イグナシア殿下から婚約破棄された際は人一倍怒ってくれたらしい。


私の母、アンジェラ・ココリアラ。

深いローズレッドのロングヘアがいつも綺麗にセットされている、自慢の母だ。もう四〇歳だというのに抜群のプロポーションを保っていて、社交界では右に出る者はいないだろう。ベルティアーナ王妃とは親友だという。

いつも私のことを心配し、けれど背中を押してくれる。そんな優しく強い人。


父に抱きつこうと思ったら、母を横抱きにしていた。どうやら母が走るより父が抱えてしまった方が速かったからそうしたようだ。

……それだけ急いで来てくれたんだ。

「シャル……っ！」

「お母様……」

床に下ろしてもらった母が、私をぎゅっと抱きしめてくれる。久しぶりの温《ぬく》もりに、ついつい私の目頭が熱くなる。ぎゅううううっと、これでもかというほど抱きしめられた後は、じっくり全身を見られる。

「どこも怪我《けが》はない？　もっとよく顔を見せて」

母に頬をむにむにされながら、どこにも怪我がないか確認される。

「大丈夫です、どこにも怪我はないですから」

私がそう言って笑うと、母は「よかった」と安堵《あんど》の色を見せた。

「シャル、俺にも顔をよく見せてくれ」

「はい、お父様。お変わりなさそうで安心しました。……いえ、もしかしてまた逞《たくま》しくなりましたか？」

父の腕まわりの筋肉が、以前より増えているような、いないような……。私がそんなことを考えていると、母がふふっと笑う。

「この人ったら、シャルのことが心配で心配でたまらなくて、じっとしていられなかったのよ。だからずうっと、騎士たちをしごいてたのよ」

「う、ごほんっ」

「えええ、そんなことをしていたんですか？　騎士たちは大変でしたね」

　こればかりは苦笑するしかない。しかし父の腕は確かだし、剣術を教えるのも上手《うま》い。しごかれた騎士は災難だったかもしれないが、その分実力もついたはずだ。

　……終わりよければすべてよし、だね！

「しかしやっとシャルが帰ってきてくれて……。ああ、この日をどんなに待ち望んだか。これからは家族仲良く暮らせるな！　ああ、嬉《うれ》しい……」

「あ……」

　おいおい嬉し男泣きする父に、私はどう言うべきかと頬を引きつらせる。これからも冒険は続けるつもりなので、家にいることは少なくなるだろう。

　……うーん、すぐに冒険の旅に出るとは言いづらいね。

　どうしようか考えていると、母が「あなた」と父の袖をくいっと引っ張った。

「シャルを困らせては駄目ですよ。帰ってきたのではなく、旅の途中で寄ってくれたのですから」

「そ、そんなっ!!」

　母の言葉に、父はガガガーン！　ととてつもないショックを受けている。とはいえ、後でその事実が判明するよりはずっといいだろう。

「期待させちゃってごめんなさい、お父様。私は今、冒険するのがとっても楽しいの。……小さいころに読んだ絵本みたいに、そんなワクワクがあって……」

　こんなことを言うのは恥ずかしくて、私は照れた笑みを浮かべる。

「しかし……、シャルは〈闇の魔法師《ダークメイジ》〉だ。正直、戦闘は大変だろう？」

父の言葉はもっともだ。〈闇の魔法師《ダークメイジ》〉が得意とするのは弱体化《デバフ》なので、ソロでの活動はベテランでもなければ難しい。そしてこの世界はスキルが自動取得なので、運よくパーティの役に立つスキルを得るのは……絶望的だったりする。

……二人には、内緒にしたくないな。

私はまっすぐ父と母を見て、「話したいことがあるの」と切り出した。すると、二人も私の表情から何かを察したのか、姿勢を正しまっすぐ私を見てくれる。


「私、〈聖女〉になったの」


そう告白すると、二人は目を見開いた。

「〈聖女〉……。お伽噺《とぎばなし》によく出てくる救世主じゃない。〈闇の魔法師《ダークメイジ》〉から、〈聖女〉？」

「あ……経緯は話すと一晩じゃ足りないくらい長くなっちゃうんだけど、これでどうですか？〈虹色の癒《いや》し〉」

私が使ったスキルは、半径一〇メートルの対象を回復するというスキルだ。キラキラと虹色の光のエフェクトが現れ、私、父、母の三人を癒す。

「すごい――」

「うおお、すごいぞ、シャル！　シャルは昔から健気《けなげ》で利口で優しくて……まさに〈聖女〉になるために生まれてきたと言っても過言ではない!!」

「きゃっ!」

感極まった父が、私を抱き上げた。そのままくるくる回されて、「すごい！　さすがだ！　鼻が高い!!」とめちゃくちゃ喜んでくれている。

……でも、〈聖女〉になるために生まれてきたうんぬんはさすがに過言だと……目が回る!!

「あなた、シャルの目が回ってしまいますよ」

「む？　それもそうだな。大丈夫か？　シャル」

「あはは、大丈夫ですよ」

床に下ろされたので笑ってみせたけれど、ちょっと足元がふらついてしまった。父のくるくるは想像以上だ。

「シャルも帰ってきたばかりで疲れてるだろう？　夕食は一緒にとれると聞いたから、休んでいなさい。そのとき、一緒にいるパーティメンバーを紹介してくれ」

「もちろん！」

私が快諾すると、母が「楽しみだわ」と微笑《ほほえ》む。

「何せ各地で活躍している〈勇者〉でしょう？　いろいろお話を聞いてみたいわ」

「お母様、フレイのことを知っているんですか？」

「直接お会いしたことはないけれど、噂《うわさ》くらいは知っていてよ？」

「さすがお母様です……！」

母は社交界で敵なしなのだが、その一つに情報という大きな武器がある。ココリアラ家の諜報部を使い、様々な情報を手に入れている……という。

……お母様だけは敵に回してはいけないような気がする。

「それに、手紙に書いてあったシャルの弟子も気になるわ。可愛い子なんでしょう？」

「はい、とっても。タルトっていうケットシーの女の子なんですけど、努力家で、可愛くて、チャレンジ精神旺盛で、可愛くて……!!」

私が力説すると、「夕食で紹介してもらえるのが楽しみだわ」と母が微笑んだ。

「うわあ、みんな可愛いねぇ」

私は食堂にやってきたみんなを見て、手を叩《たた》いた。全員が晩餐用にドレスアップしていて、眼福なことこの上ない。

タルトはリボンをモチーフにしていて、色は可愛らしいパステルカラー。膝丈のスカートで、尻尾はスカートの内側にあってちらりと裾から覗いている。ルルイエはレースをふんだんに使ったシックなスタイルで、スカートは後ろの部分が床まで長いフィッシュテールのかたちになっている。ココアは乙女可愛い感じに仕上がっていて、バルーンタイプのスカートが特徴的だ。背中側にある大きなリボンはスカート部分より長く、ボリュームがある。ケントはダークブラウンの盛装に身を包んでいて、首元には朱色のタイが結ばれている。

フレイは真っ赤なドレスで、肩口が出ているのが妙に色っぽい。ルーナは白のレースを使った落ち着いた装いで、深窓の令嬢という言葉が似合いそうだ。リーナは膝丈のスカート部分をレースでボリュームを出していて、シンプルながらに可愛い。ミオは花をモチーフにしたドレスで、彼女の可憐《かれん》さをいっそう引き立てている。

ちなみに私は、シンプルだけど上品なドレスを選んだ。セピアを基調とした生地に、白のレースを合わせてデザインしてある。

「こんなに可愛いドレスを着られて嬉しいですけど、緊張しますにゃ……」

タルトは席に着いたものの、ソワソワしている。けれどココアとケントの方がカチコチに緊張しているので、それよりは余裕がありそうに見える。ちなみにルルイエは緊張のきの字も見受けられないほど自然体だ。

私は座っている父と母に、みんなを紹介していく。

「お父様、お母様。わたくし――私の仲間です。弟子のタルトに、事情があって面倒を見ているルルイエ。それから、ツィレで出会った冒険者のケントとココア。それから、ここに来るのに一緒に行動してくれている勇者パーティのフレイ、ルーナ、リーナ、ミオです」

「私はテオドール・ココリアラ。シャルが世話になったようだな。父としても、ぜひ礼を言わせてくれ。ありがとう」

「みんな素敵な方たちね。わたくしはシャルの母、アンジェラ・ココリアラよ。どうぞよろしくね」

ひとまず紹介が終わると、次々に料理が運ばれてきた。本来であればコースで用意するのだけれど、貴族の作法は面倒なので、大皿を用意して自由に食べてもらうスタイルにしている。ちらりとルルイエを見ると、目が輝いていて、料理に釘付《くぎづ》けだ。

……今日は料理長にたくさん作ってってお願いしたから、ルルも大満足間違いなしのはず！

「とりあえず、食べながら話をしましょう」

「そうね。みなさん、お腹いっぱい召し上がってくださいね」

私の言葉に母が頷《うなず》き、食事がスタートした。

「――！　シャロン、すっごく美味《おい》しい。今まで食べたどの料理より、美味しい」

「それはよかった。腕によりをかけてくれた料理長が喜ぶよ」

料理を口いっぱいに頬張ったルルイエは、目のキラキラがまったく収まっていない。今まで外食は何度もしたけれど、やはり貴族お抱えの料理長ともなるとその腕前は桁違いだ。

「ぜひお礼を言いたい」

「なら、あとで紹介するね」

「うん」

私が料理長の紹介を約束すると、ルルイエは満面の笑みで頷いた。

「みんなも遠慮しないで食べてね。じゃないと、ルルに全部食べられちゃうよ」

「緊張でそんなに喉は通らないって言いたいとこだけど……こんな美味《うま》い料理、そうそう食べられないからな……」

ケントがぎこちないながらも上品に食べてくれていて、気を使ってくれているのがわかる。気楽にしてほしいけれど、やはり少しは無理をさせてしまっているみたいだ。

「わたくしは美味しくいただいております」

「ミオの口にも合ったようで、よかった」

上品に食べるミオは、まるでお手本のようだ。料理を丁寧にナイフで切り、それをゆっくり口へ運ぶ。惚《ほ》れ惚《ぼ》れしてしまう動作だ。逆にフレイは、食べ方こそ綺麗だが手を動かすスピードが速い。ダンジョンに行くこともあって、冒険者は早食いが癖になっている人も多いみたいだ。

ある程度食べ進めると、父が「オホン」とあからさまな咳払《せきばら》いをした。みんなの手が止まって、その視線が父に集まる。

……いや、話題の切り替え下手くそすぎるよ……！

とはいうものの、隣に座る母はその様子を見て楽しそうに微笑んでいる。どうやらこれから父が話すことは、母にとってもメリットがあることのようだ。

「オホン、ええと、その……。ぜひ、シャルの冒険譚《たん》を教えてほしい……！」

「え」

予想外――いや、私を溺愛《できあい》している節がある父なら絶対に言うであろう言葉だった。すぐにその話題を出さなかったので、うっかりしてしまっていた。

「それならば、私がダンジョン〈エルンゴアの楽園〉に行ったときの話をさせていただこう」

「俺も、シャロンと初めてパーティを組んだ日のことは昨日のことみたいに覚えてる」

「駄目とは言わないけど、自分のことを話されるのは恥ずかしいね……」

みんなが率先して話しだそうとするので、私はどうしても照れてしまう。

「シャロンは支援の腕があり、知識も持っていて、だけど何より――スパルタだった」

「その通り」

「「うんうん」」

「そうですにゃ」

「――えっ!?」

フレイの語りがしょっぱなから違う方向に進み始めたのに、ほかのみんなは躊躇《ちゅうちょ》なく頷いている。

そこまでスパルタな狩りはしていないはずなんだけど……解せぬ。確かにこの世界基準で考えたら、かなりガンガンいこうぜ！　ではあったけれど……。

私が不服顔でいると、フレイが笑う。

「だが、私はそんなシャロンに感謝しているぞ？　ドラゴンを倒し、まだ見ぬ地へ足を踏み入れることができ……。今までもいろいろ冒険をしてきたと思っていたが、シャロンと出会ってからの冒険はさらに一味違っている。ワクワクしているんだ」

「フレイ……」

冒険することが好きなフレイは、私と行動を共にすることで、その幅が広がったことがとても大きいと感じてくれているみたいだ。ケントやココアたちも、同じように頷いている。

「俺なんて、憧れの〈竜騎士〉だぞ？　一生をかけたってなれない人の方が多いんだ。これも、シャロンと一緒にレベル上げをしたおかげだ」

「私も自分が〈歌魔法師《ソングマジシャン》〉になるなんて思ってもみなかったもん。小さいころなんて特に、〈牧場の村〉でずっと動物の世話をすると思っていたし……」

　ケントとココアの言葉に、父と母――特に父が目を見開いて驚いた。

「二人はその若さで〈覚醒職〉なのか。素晴らしい！　きっと、言い表せないようなすごい戦いを繰り広げられてきたのだろうな……」

「「………はい」」

　父の言葉に、ケントとココアはわずかに沈黙しつつも真剣な顔で頷いた。どうやら今までの戦いを思い出していたみたいだ。

　……確かに、〈フローディアの墓標〉での戦いは特に厳しかった。

　今度は私が頷いていると、父が「ほかにはどんなことがあったんだ？」と食い気味でみんなに尋ねている。すると、ミオが「わたくしはまだ共にした時間が短いですが……」と言葉を続けた。

「シャロンの行動には、いつも驚かされているんです。――わたくしは〈巫女《みこ》〉として、各地の平和を祈りつつフレイたちの旅に同行しています。街へ行って、苦しんでいる方の懺悔《ざんげ》を聞いたりもしているんですよ。シャロンは地理にも詳しくて、街へ行くいろいろな方法も教えてくださいました」

「そうか。シャルは真面目に勉強していたから、いろいろな知識がある。それが役に立っているのは、なんだか安心するな」

父は、私が幼少期に王妃教育を受けていたことを言っているのだろう。勉強はとても大変で、一人で泣いたこともあった。そんな苦しい思い出が今になって役立っていることに、少しほっとしたのだと思う。私の知識の大部分はゲームからのものではあるけれど、幼少期の勉強がまったく役に立っていないということはない。

……ミオは〈巫女〉として、いろいろなことをしているんだね。

懺悔を聞いてあげたりしているなんて、まさに聖職者だ。私には……あまりできる気がしない。うじうじ悩まずゴー！　とか言ってしまいそうだ。

そう考えると、ミオが腕輪を手に入れて〈転移ゲート〉を使えるようになったことはよかったと思う。

「ミオはこれからも、いろんな街でたくさんの人の話を聞いてあげるんだね」

「ええ。それがわたくしの使命のように思っていますから」

私の言葉に、ミオは胸を張って頷いた。生き方が格好良いね。

「わたしはお師匠さまに〈錬金術師〉のことを教えてもらいましたにゃ！」

「師匠とは、シャルのことだったな。しかし、〈錬金術師〉のこともわかるのか……？」

「はいですにゃ。お師匠さまはいろいろな職業のことを知っていて、聞けばなんでも教えてくれるんですにゃ。〈製薬〉で使う素材も教えてもらいましたにゃ。でも何より、病気だったわたしを救ってくれたのがお師匠さまなんですにゃ」

タルトがそのときのことを思い出すように目を細め、「感謝してもしきれないんですにゃ」と微笑む。

「それはすごい！　さすがはシャルだ！」

父は鼻高々になり、私のことを褒めまくってくる。……恥ずかしいから、そんなに褒めないでほしいのだけれど……。

私の冒険の話は、その後も夜が更けるまで続いた。

シャーロットの清算

「――ハッ！　もうお昼過ぎだ!?」

私がベッドからがばっと体を起こすと、すでに窓の外は明るくなっていた。

「えぇ～……」

まさかこんなに寝てしまうとは。実家の魔力、恐ろしいね……。

ベッドからのそのそ起き上がったタイミングで、コンコンとノックの音がした。すぐに「朝のお仕度をさせていただきます」という声が聞こえてくる。

「どうぞ」

「失礼いたします」

入ってきたのは、私がこの屋敷で暮らしていた際に侍女をしてくれていたアンネマリー。子爵家の三女で、ココリアラ家に行儀見習いとして来てくれている。金色に近い薄黄緑色の髪を一つにまとめ、侍女服のドレスに身を包んでいる。ほがらかな優しい子で、年齢は一七歳。いつも細やかな気遣いをしてくれ、私は何度も彼女の優しさに助けられていたのだと思う。

「…………っ」

アンネマリーは私を見るとすぐに、目を細めて……じわりと涙を浮かべた。

「アンネ……！」

「す、すみません。シャーロット様のご無事なお姿を見たら、安心してしまって……」

「昨日は夕食後、すぐ寝てしまったものね。帰ってすぐ顔を見せられなくてごめんなさい」

「いいえ、いいえ……！　旦那様と奥様も、ずっとシャーロット様のことを心配されていましたから。わたくしのことは、後回しでいいのです」

ふるふる首を振ったアンネマリーは、ゴシゴシ目元を擦《こす》ってから笑顔を見せた。

「わたくしは、こうしてまたお会いできただけで十分です。……朝のお支度をさせていただきますね」

「ええ、ありがとう」

私は苦笑しつつも、アンネマリーに朝の支度を任せた。

身支度を整えてから食堂に行くと、ルルイエが美味《おい》しそうに昼食を頬張《ほおば》っているところだった。

すぐ隣には料理長がいて、料理の説明をしている。

……いつの間にか仲良くなってる！

「おはよう」

「シャロン！　おはよう」

「おはようございます、シャーロット様。すぐにお食事の準備をいたしますね」

料理長が使用人に指示を出し終わったのを確認して、私は相談事を口にする。

「実は調理してほしい食材があるんです」

「食材ですか？　もちろんです！」

料理長は二つ返事で頷《うなず》いてくれたので、私は持ってきたカゴをテーブルの上に置いた。その中に入っているのは、〈桃源郷〉で手に入れた〈大きな桃〉だ。甘い香りが充満したことに、料理長が大きく目を見開いた。

「な、なんですかこれは!?　ものすごい香りだ……。それに、こんな大きな桃は見たことがありません。どこで手に入れたのですか!?」

〈大きな桃〉は、料理長にとって未知の食材だったようだ。目をランランと輝かせて、「私がこれを料理できるなんて!!」と感動している。

私はクスクス笑いながら、この桃を手に入れた場所が〈桃源郷〉であることを伝える。

「〈桃源郷〉……幻のような場所があるのですね。そのようなところへ足を運ばれるとは、さすがはシャーロット様です」

「みんなと一緒でしたからね」

「心強いお仲間ですね」

「ええ」

料理長の言葉に、私は大きく頷く。私は支援職なので、攻撃することは得意としていない。そのため、冒険するためにはどうしても強い仲間が必要不可欠。

「この〈大きな桃〉を、今日の夕食に使ってください。ルーディットお兄様とオーティスお兄様も帰ってくると聞いていますから、たくさんお願いしますね」

「かしこまりました！」

やる気に満ち溢《あふ》れた料理長が桃を持つと、ルルイエが「手伝いたい！」と目を輝かせた。最近のルルイエは、食べるだけではなく、作る方の食にも興味津々なのだ。

しかし、料理長は「とんでもない！」と焦る。

「お客様に料理をさせるようなことはできません。ましてや、手伝いなどと……」

フルフルフルッと首を振ったのを見て、それもそうだと私は苦笑する。特に身分うんぬんに関しては何もないけれど、全員が公爵令嬢である私のお客様だ。料理はもちろん、雑用や、手を煩わせることなどあってはいけないのだ。それは、ココリアラ家の使用人全員の共通認識でもある。

……とはいえ、ルルは純粋に料理を覚えたいんだよね。

「ごめんなさいね、料理長。もし手間でなければ、ルルに料理を教えてほしいの」

「え、ですが……」

「……この子は、ずっと閉じ込められていて、自由をほとんど知らないの。そんななかで、興味を持ったのが食で――」

「そのようなことがっ!!」

閉じ込められては言いすぎだったかもしれないと思ったが、料理長はぐっと胸にきてしまうものがあったようだ。

「私からお教えできることであれば、喜んでお教えさせていただきます！」

「本当？　ありがとう、料理長」

「一緒に桃料理を作りましょう、ルル様」

「ん」

二人は頷き合い、〈大きな桃〉を持って厨房《ちゅうぼう》へ消えていった——。


給仕をしてもらいながら朝食兼昼食をとっていると、母がやってきた。

「起きたのね、シャル。おはよう」

「おはようございます、お母様」

母は私の向かいに座ると、紅茶を用意させて使用人を人払いする。

「……何かありましたか？」

「シャルには気が重いかもしれないけれど、聞いてちょうだい。今回の婚約破棄騒動をはじめとして、シャルの国外追放。これに関しては、すべて手続きが終わっています」

その言葉に、私は頷く。

婚約破棄自体は、婚約破棄という形ではなく、イグナシア殿下側に瑕疵《かし》があったものとしての婚約解消手続きがとられている。また、私に対する罰などは一切なく、国外追放というものは取り消し——というより、正式な手続きも何もされていないので、そもそも国外追放自体されていないということとなっている。

……まあ、そうだよね。

「それで、イグナシア殿下から謝罪の場を設けたいという申し出があったわ。とっても嫌かもしれないけれど、王城に顔を出せるかしら？」

「……今更謝罪なんていらないですが、わかりました」

私がすぐに了承を示すと、母は少しだけほっとした様子を見せた。私が了承したことというよりは、このことを伝えられたということに対する安堵《あんど》かもしれない。

それに、母はイグナシア殿下の母――ベルティアーナ王妃と仲がいい。きっと、そのことで気をもむこともあったのだろうと思う。

「日取りは決まっているのですか？」

「……明日と言っているわ」

「ずいぶんと早いですね」

ため息をつきたそうに告げる母に、私は苦笑するしかない。本来、王族との公式な面会の日程は早くても数日後になる。それを明日ということは、そうとう焦っているということだろう。

……でもまあ、記憶を取り戻したあとの王城見学ができると思えばいいかな？

仕方がないので、私はそんな風に気楽に考えることにした。

夜になると、王城勤めの兄たちが帰宅した。

「「シャル!!」」

「おかえりなさい、ルーディットお兄様、オーティスお兄様」

私が玄関ホールで迎えると、ルーディットが私を抱き上げてくるくると回って、全身でその喜びを表現してくる。嬉《うれ》しいけれど、とても目が回る。

「兄上、そんなに回ったらシャルが目を回すぞ」

「チッチッチ、わかってねぇなオーティス。シャルはめちゃめちゃ強ぇんだぜ？」

「強いとしても、シャルは女性ですよ。淑女の扱いというものがあるでしょう」

「わーったよ」

オーティスがルーディットを諫《いさ》めてくれたおかげで私はすんなり床に下ろしてもらえたけれど、かなり目がくるくるしている……。

「うう、嬉しいけど回しすぎですよ……」

「ハッハッハ！」

私はふらふら具合から立ち直ると、改めて久しぶりに会う兄たちを見る。とはいっても、ルーディットは私のことを捜しにツィレまでやってきたので、そこまで久しぶりではない。けれど、次兄のオーティスと最後に会ったのは、私が婚約破棄をされるよりも前だ。前世の記憶が戻る前ではあるけれど、懐かしさが胸に込み上がってくる。

「お久しぶりです、オーティスお兄様。ご心配をおかけいたしました」

「ああ。こうしてまたシャルと会えたことに、心の底からほっとしているよ」

そう言って笑顔を見せた兄――オーティス・ココリアラ。

歳《とし》はルーディットの一つ下、私の三つ上の一九歳。私と同じミルクティーに似たホワイトブロンドの髪色なのだけれど、体格だけは父に似ている。身長は一八六センチとルーディットより一〇センチ高く、筋肉モリモリのマッチョ体型だ。しかし別に毎日鍛錬をしているわけではない。ときおり運動の代わりに軽い鍛錬をしているくらいなので、もともとそういう体質なのだろう。しかし見た目とは違って、内面は穏やかで優しい性格をしており、争いごとは一切好まない。肉弾戦ではなく、法廷での戦いに持っていくタイプだ。

仕事は王城で文官をしている、バリバリの文系人だ。朝早く登城したというのに、日付が変わるころに帰宅するということもしばしば。おそらく昨日も仕事のせいで帰ってこられなかったのだろう。……ブラック城だね。


……シャーロットはお兄様の過労死が心配です……。

「あ、そうだった。オーティスお兄様にもみんなを紹介しますね」

「お願いするよ」

玄関ホールには、私だけではなく、タルト、ルルイエ、ココア、ルーナ、リーナ、ミオが一緒に出迎えに来てくれた。そして帰ってきたルーディットたちは、ケントとフレイが一緒だった。騎士団の鍛錬に交ぜてもらっていたようだ。疲れ果てた顔をしているけれど、その表情は充実感に溢れている。

「わたしは弟子のタルトですにゃ。よろしくお願いしますにゃ！」

「おお、君が弟子のケットシーの女の子か。ケットシーはほとんど見かけることがないから、驚いたよ。シャルのことをよろしく頼む」

「いつもお師匠さまによくしていただいていますにゃ」

タルトのにこやかな挨拶から始まり、全員が挨拶を終えた。


食堂へ行く途中、私はケントとフレイに声をかける。

「騎士団の鍛錬に交ざってたの？」

「ああ。ルーディット様とも手合わせして、しごいてもらったんだ！」

「この国の騎士団は活気があっていいな！」

二人とも目がランランと輝いている。

「私は百人抜きにチャレンジしたんだ！」

「ひゃくにんぬき!?　ひえ、体力オバケかな……？」

騎士百人と連続で対戦なんて、恐ろしい……と思ったけれど、狩りでレベル上げをしているときはもっと連戦することにはたと気づく。

「シャロン、今日の夜はやっとあれを食べるんだろ!?　俺、ずっと楽しみにしてたんだ……！」

「私もだ」

「うん、そうだよ。料理長にお願いしてあるから、期待してて」

私がそう告げると、二人は「よっしゃ！」とガッツポーズを取る。〈桃源郷〉で食べた普通の桃も美味しかったのに、その上をいくんだから……無意識のうちに喉が鳴っちゃうね。

すると、私たちの会話が気になったらしいオーティスが会話に入ってきた。

「あれとは、いったいなんのことだい？　すごく美味しいものらしいことはわかったが……」

不思議そうに首を傾《かし》げるオーティスに、私はふふりと笑う。

「めちゃめちゃ美味しい食材を、お土産に持ってきたんです」


前菜は一口サイズにカットされた桃そのものと、もう一品は桃の果実と桃ドレッシングを使ったサラダ。瑞々《みずみず》しいリーフに添えられた桃は、キラキラ輝いているかのようだ。

「本当は調理したものを……と思ったのですが、ぜひ、この桃そのままの味を最初に楽しんでほしいと思い、お出ししております」

料理長の期待させるような発言に、無意識のうちにみんなの喉が鳴る。

「この桃はシャルの土産と聞いたが……こんなに瑞々しくて芳醇《ほうじゅん》な香りの桃は初めてだ。これも、シャルが冒険で手に入れてきたのか？」

目を大きく見開いて驚いた父が、〈大きな桃〉のことを私に聞いてきた。母、兄たちもそれは同様のようで、じっと私に視線が集中している。

家族には隠すつもりはないので、私は頷く。

「これは〈桃源郷〉で特別に売ってもらった〈大きな桃〉です。みんなで食べようと思って、私たちもまだ食べてないんですよ。……だから、食べたくて食べたくて仕方がないんです。まずはいただきませんか？」

「それもそうだ。シャルの土産をありがたくいただこう」

父が頷いて桃に手を伸ばすと、ほかの皆も頷いてフォークを手に取った。

……ああっ！　待ちに待った〈大きな桃〉!!

このゲーム世界で私が楽しみにしていることは、自分の足で歩いて景色を見ること。そのほかに、美味しいものを食べることも楽しみの一つになっている。

「いただきます！」

私が桃にフォークを突き刺すと、すっと果肉の中に入っていった。そして刺した穴から溢れ出た桃の香りがいっきに私の鼻を駆け抜けていく。思わず桃のすごさに体が震える。早く食べたいと、私の体と心が訴えかけてくるかのようだ。

ぱくりと口に含むと、一瞬で桃の味が体の中を通り抜けていく。口に含んだだけなのに、全身が桃になってしまったみたいだ。

……こんなの、飲み込んだらどうなっちゃうの!?

しかしながら飲み込まないという選択肢は私にはない。勢いよくごくんと飲み込むと、果汁が体の中で溢れそうになる。たった一口の量だけなのに、圧倒的な桃の存在感。

……はあぁぁ、美味しい……。

この世にこんな食べ物があったのかと、ただただ感動するしかない。

本当はもっと食べ進めたいけれど、体が〈大きな桃〉の余韻を感じていたくて手が動かない。食べたいのに食べられない、変な気分だ。全員が一口食べた後、少しぼおっとしていたが……真っ先にハッとしたのはルルイエだった。

「もっと食べる！」

「ハッ！　そうだ、もっと食べよう」

「美味しすぎて言葉を失っていましたにゃ……！」

ルルイエが二口目を頬張ると、みんながそれに続いて桃を食べだした。もちろん私もだ。

「こんな美味しい桃、いくらでも食べられちゃう……！」

そんなことを言いながら、今日の夕食は〈大きな桃〉パーティーとして大いに盛り上がった。


翌日、私は王城にやってきた。保護者として父母が、護衛として兄のルーディットが付き添ってくれているが、逆に不安なのは私だけだろうか。

「お兄様、イグナシア殿下が何か言ってきても大人しくしていてくださいね。今日のお兄様は護衛というポジションであって――」

「わかってる、わかってるって！　俺は可愛《かわい》い妹を守る、それだけだ」

「……はあ」

わかってなさそうだ。

長い廊下を進み、広い応接室へ案内された。ここでイグナシア殿下たちの到着を待つとばかり思っていたのだが、応接室にはすでにイグナシア殿下、ヴィルヘルム陛下、ベルティアーナ王妃が揃《そろ》っていた。

「ああ、来たかシャーロット」

「ご無沙汰しております、陛下。お元気そうで何よりです」

「くそ、なんで俺が謝罪なんて……」

わずかに聞こえてきたイグナシア殿下の言葉を、私は聞かなかったことにした。隣に座っているベルティアーナ王妃は、すでにため息をつきたそうな表情をしている。

「イグナシア。自分のしでかしたことが、まだわかっていないのか？」

「……いえ」

ヴィルヘルム陛下の怒気を含んだ声に、イグナシア殿下の肩が揺れる。ピリピリした空気は、さすがこの国の王だなと思う。

イグナシア殿下は椅子から立ち上がって、私の前へやってきた。その表情はまったく申し訳なさそうではなかったが、ぎこちなく頭を下げた。

……別に謝罪なんていらないのに。

心のこもっていない謝罪ほどいらないものはない。だったら慰謝料でも積んでくれた方が断然いい。旅費やアイテムの購入費などにできるからだ。

「……この度は、私が先走って婚約破棄と国外追放を言い渡して申し訳なかった。心より謝罪する」

「…………」

私が無言でいると、イグナシア殿下も無言を返してくる。もしかしたら、私が『許します』と言うとでも思っていたのだろうか。

「……シャーロット？」

「わたくしはあなたの婚約者ではないのですから、呼び捨てにしないでいただけるかしら」

「――っ、あ、ああ。すまない、シャーロット嬢」

許すどころか私が反論したので、イグナシア殿下はとてもおビビりになっていらっしゃる。

……とはいえ、このまま黙っていても平行線のままだね。

私はため息をつきたいのをぐっとこらえ、さてどうしようかと考えながらも口を開く。

「わたくしに謝罪は不要です」

「……！　そ、そうか、やはりもう怒っては――」

「そもそも許そうとは思っていませんから。謝罪は無意味です」

「――っ!!」

どうしたら私が怒っていないという発想になるのですか、イグナシア殿下。けれど私は、イグナシア殿下の言葉を聞かなかったことにして喋《しゃべ》り続ける。

「わたくしに謝罪をというのであれば、慰謝料を要求します。支払っていただければ、わたくしからイグナシア殿下に何かすることはありませんし、気にしていただかなくて構いません。清算してすっきりした方が、新しい婚約者を迎えられていいのではありませんか？　わたくしのような不愛想な女ではなく、笑顔の素敵な人と一緒になればいいと思いますわ」

「あ、え……あ、ああ……」

イグナシア殿下は戸惑いながらも、私の言葉に頷く。……とはいえ、おそらく慰謝料の支払いに関しては、もともと予定していたはずだ。でなければ、わざわざ母と仲のいいベルティアーナ王妃がイグナシア殿下を私の前に連れてはこないだろうから。

……一応、私はベルティアーナ王妃のお気に入りだからね。

イグナシア殿下はぐっと拳を握りしめながら、はっきり「わかった」と口にする。

「シャーロット嬢が望む金額を支払うと約束する」

「ありがとうございます」

結局きちんとした謝罪はないまま、私たちはお金で解決することにした。きっとこれが、あと腐れがなくて一番いい方法のはずだ。

「……でも、イグナシア殿下はどうしてツィレへ？　わたくしを追ってきたのですか？」

エミリアとファーブルムでいちゃいちゃしているのが一番平和だったろうにと、私は思う。私を取り戻そうとしたのか、それともツィレを自分の手で征服しようとしたのか。ある程度の予想はできているが、きちんと聞いておきたい。

イグナシア殿下はバツが悪そうに話し始めた。

「……俺には、エミリアが必要だ。しかし、シャーロット──嬢も必要だった。シャーロット嬢がいなくなってから、何もかも上手《うま》くいかなかった。いや、エミリアが〈聖女〉になるのだと言っていたから、それには期待していたんだが……」

「えーっと、つまりわたくしの後ろ盾が必要ということかしら」

「……っ！」

どうやら図星のようで、イグナシア殿下の肩が揺れているし口元も引きつっている。もう少しポーカーフェイスができるようになった方がいいですよ。

「だが！　俺にはエミリアがいる。〈闇の魔法師《ダークメイジ》〉は俺の婚約者には相応《ふさわ》しくない。エミリアを妃《きさき》に迎え入れるには、別に後ろ盾ではなく功績があればそれでもよかった。だから本当は、俺が〈教皇〉を討てれば一番よかった──」

「……そう」

イグナシア殿下の言葉に腸《はらわた》が煮えくり返りそうだ。〈教皇〉を討つということは、ティティアを殺してその成果で王を継ぐということ。

両国は敵対しているので、私を手に入れることができなくとも、エレンツィを手にすることができればその功績は計り知れないものになるだろう。

……でも、リロイをはじめ〈聖騎士〉たちがいるから、イグナシア殿下の指揮ではティティアに指一本触れることはできないだろうけどね。

本当は私を自分の手中に収めておきたかったけれど、笑いもしない、〈闇の魔法師《ダークメイジ》〉の私を側《そば》に置くことは嫌だったのだろう。だけどそうすると、なんの価値もないイグナシア殿下は即位することが難しい。そのため、功績を得るために〈エレンツィ神聖国〉を征服し、その手柄で即位しようと考えたのだろう。

……………無謀すぎん？

とはいえ、もうイグナシア殿下に関わることはないだろう。私は失笑を向け、「どうぞ頑張ってくださいね」と告げる。

「ちなみにわたくしは〈エレンツィ神聖国〉と仲良くしているので、もし攻撃を仕掛けるようなことがあれば――容赦しませんから」

「わ、わかっている……！　もう手出しはしない……」

その言葉を聞き、私は頷く。そして、そういえばイグナシア殿下の想い人のエミリアはどうしているのだろう？　と思った。

……まあ、ここにいないということは上手くいっていないんだろうけど。

婚約はもちろん、イグナシア殿下の恋人の立場にいるかも怪しいものだと思う。けれど、彼女のせいで迷惑をかけられたと言っても過言ではない。処罰の有無はともかく、聞いておくべきだろう。

「エミリアはどうしているのですか？」

私はイグナシア殿下ではなく、ヴィルヘルム陛下に向けて問いかける。

「ああ、彼女はそもそも平民だったからな……。今は城ではなく、街の修道院で暮らしている。

〈癒《いや》し手〉として、傷ついた人たちを癒しながらいろいろ学んでいき、今回課せられた罰金の支払いをしてもらっている」

「彼女が城の敷地に入ることは、もうないでしょう」

「そんな……っ!!」

ヴィルヘルム陛下とベルティアーナ王妃の言葉に、イグナシア殿下が声を荒らげる。しかしすぐに、ベルティアーナ王妃に窘《たしな》められて口を噤《つぐ》んだ。

「そうですか」

「もっと厳しい罰を望むのであれば、そうしよう」

「……いいえ。〈癒し手〉として人々を癒し、罰金を支払っているのであれば、わたくしから望むことは何もありませんわ」

エミリアは性格に難がありはしたが、このゲームのヒロインだ。あのときの彼女がゲームの強制力によって動かされていた可能性もゼロではない。そう考えたら、一度くらい――やり直しの機会があってもいいのでは？　と、私は思った。

……まあ、はちゃめちゃ娘ではあったけどね。

ひとまずエミリアのことが決着すると、陛下自ら今後のことを話してくれた。

「私たち〈ファーブルム王国〉と〈エレンツィ神聖国〉は長年いがみ合い争ってきたが、それをやめ、手を取り合っていこうと考えている」

「――！」

今まで両国は、〈剣士〉のファーブルム、〈癒し手〉のエレンツィと呼ばれてきた。

どちらかといえば、ファーブルムが〈剣士〉ばかりだから支援をしてくれる〈癒し手〉を求めていた。しかしながら自国に〈癒し手〉はとても少なく、〈癒し手〉の数が圧倒的に多いエレンツィを目の敵《かたき》のように思っていたのだ。

それゆえに、両国間の関係はよくなかった。


……でも、それが改善されようとしている。

私がゲームをプレイしていたときは、この二国の争いがなくなることはなかった。けれど今、それを成し得ようとしている。

——これって、歴史的瞬間に立ち会ってるんじゃない!?

そう考え、胸の鼓動が加速していく。

「実は、〈エレンツィ神聖国〉のティティア教皇から申し入れがあったんだ。平和を愛する彼女は、ずっと我が国との争いが絶えないことを憂いていたんだそうだ」

「ティティアが……」

じわりと胸が熱くなる。

今はまだ自分のことだけでも大変だろうに、自国と、国外にまできちんと目を向けているなんて。

ティティアの成長が逞《たくま》しくて、とても頼もしい。

ヴィルヘルム陛下は「申し出がなければ動けないとは恥ずかしい」と言うけれど、ティティアの言葉に素直に耳を傾けただけでも十分だと私は思う。これから両国が手を取り合う――まではいかないかもしれないけれど、同じ方向を向いて歩いていけたら嬉しい。

……私はティティアの友人としても、何かあったときに間に立てるようになろう。

ここにきて初めて、ファーブルムの公爵家の生まれでよかった、なんて考えてしまった。

後日、私の元にイグナシア殿下からの慰謝料が届けられた。その総額は、一億リズ。ゲーム的に言うと一〇〇ｍだ。

今まさに、自室の私の机の上に積まれている。

……王族とはいえ婚約段階だし、こんなものかな？

ちなみにゲーム時代であれば、一〇〇ｍあればかなりいい装備が一つ購入できるけれど、最上級の装備を買おうとしたら全然足りないくらいの金額だ。

ただ、今のこの世界には、そんなにいい装備はない。ゲーム時代はプレイヤーが手に入れた装備を売っていたりしたのでいい装備も多かったけれど、今は全体的にレベルが低く、いい装備をドロップするモンスターを倒せる人が少ないからだ。鍛冶をするにしても、そのための素材を得ることが難しい。

「でも、どうせならぱーっと使いたい気もするよねぇ」

イグナシア殿下にもらった慰謝料を生活費としてほそぼそ使うのもなんか嫌だと、気分的に思ってしまうわけで。

「だけど高い装備なんて売ってないし、回復アイテムはタルトに作ってもらった方がいいものができるしなぁ」

使い道といえば、食料品や素材などを買い込んで〈簡易倉庫〉に入れておくくらいかな？　とはいえ、一億リズ分も買い込むとなるとかなり大変だ。

……うーん、難しいね。

私が部屋でそんなことを考えていると、玄関先から声が聞こえてきた。部屋のバルコニーに出て玄関を見ると、フレイ、ルーナ、リーナ、ミオが買い物から帰ってきたところのようだ。

すぐにフレイが私に気づき、「シャロン！」と声をかけてくれる。

「おかえり～！」

「ただいま。シャロンに相談があるんだが、時間はあるか？」

「うん、大丈夫だよ。お茶会室で話そうか」

「わかった！」

お茶会室に行き、紅茶を淹《い》れてもらい、フレイ、ルーナ、リーナ、ミオと向かい合って座る。今日は何をしていたのかと聞けば、装飾品などのお店を見ていたのだと教えてくれた。

……あ、そうか！　別に装備やアイテムじゃなくて、ドレスや装飾品を購入してもよかったんだ。

その考えに至らなかった私、もしや女子失格では……。

私は誤魔化すようにコホンと咳払《せきばら》いをして、フレイに「それで、相談って？」と話を振った。

「ルーナ、リーナ、ミオの転職のことだ。三人とも、覚醒職になれるだろう？」

「その話は、私もしなきゃと思ってたんだ」

ルーナは〈ウィザード〉なので〈アークメイジ〉に。火土風水の属性魔法に特化していて、極めると天災級の威力を持つ。火力枠として、パーティに一人はほしい人材だ。

リーナは〈チェイサー〉なので〈宝発掘師《トレジャーハンター》〉に。斥候としての能力アップのほかに、宝箱やアイテムなどの発見がしやすくなる。ほかにもモンスターを倒したときにドロップアイテムの確率が上がるスキルなどがあり、ある意味で夢のある職業だ。

ミオは〈巫女《みこ》〉なので〈呪術師〉に。専用の札を使って攻撃するので、地味に札を補充するというルーティーンが加わる。札を使う代わりに一つ一つのスキルレベルはあまり高くないため、多くのスキルを取得することが可能だ。プレイスタイルによって、戦い方を決めるのがいいだろう。

ちなみにフレイはユニーク職業《ジョブ》〈勇者〉なので、特にこれより上はない。

「三人とも、すぐに転職する感じですか？」

「もちろん！　ブルームの観光もできたし、今のところの目標は覚醒職だもん。前から覚醒職は私の目標だったけど、まさかこんなにあっさり転職できる日がくるなんて……」

転職に燃えているリーナだけれど、最後の方は遠い目をしている。

「まあ、転職して自分の戦闘スタイルに磨きをかけていくんですから……まだまだ道のりは長いですよ！　転職したら、まずは私と一緒にダンジョンに行きましょう！」

「シャロンはそうやって簡単に言うんだから……。でも、そうだね。オーケー、ダンジョンで力になれるよう頑張るから、攻略しよう！」

「助かります！」

全員がユニーク職と覚醒職であれば、〈聖女の試練〉もどうにかクリアできるだろう。たぶん。

私の胸はワクワクでいっぱいになっていく。

「それじゃあ、三人は明日くらいから転職に向かってくれ。何か手伝いは必要か？」

フレイの言葉に、ミオがおずおずと手を挙げた。

「手伝いと言いますか、なんと言いますか……」

「どうしたんだ？」

「ミオ？」

フレイはもちろん、私も首を傾げる。

「わたくし、どうやって〈呪術師〉になるか存じません……」

「え、あ……っ」

「転職方法か！」

なるほどそういうことか！

確かに今のこの世界では、〈呪術師〉への転職方法は伝わっていないかもしれない。というのも、

〈呪術師〉になる転職クエストは、〈桃源郷〉で受けるからだ。

……実際に行くまで、みんな〈桃源郷〉のことをお伽噺《とぎばなし》みたいに思ってたもんね。

知らなくて当然だ。もし〈呪術師〉の人がいたのなら、それは自力で発見したか、師弟関係で転職方法を伝授していたとか、そんなところだろう。

私は転職方法をミオに教える。

「〈呪術師〉には、〈桃源郷〉でなれるよ。北西にある小さな塔の地下に行くと、〈呪術師〉への転職クエストをしてくれる人がいるから話しかけてみて」

「……シャロンは、本当になんでも知っているのね」

ミオは驚きつつも、ゲート登録をしてあるので、すぐにでも行って転職すると頷いた。

私は次に、ルーナとリーナを見る。〈アークメイジ〉と〈宝発掘師《トレジャーハンター》〉の転職方法は把握しているのだろうか？

「二人は大丈夫そう？」

「私は大丈夫よ。〈アークメイジ〉には、スノウティアでなれると聞いたことがあるの」

「私も！　〈宝発掘師《トレジャーハンター》〉はトルデンテでなれるって聞いたから」

「大丈夫そうだね」

ルーナとリーナの言葉に、私は頷く。スノウティアは私も一時期拠点にしていた、〈エレンツィ神聖国〉の北東方面にある〈氷の街スノウティア〉のこと。そして南西方向に〈港町トルデンテ〉がある。それぞれそこからクエストを受けて、転職することが可能だ。

トルデンテだけゲートに登録していないけれど、ドラゴンを使えばあっという間の距離だろう。

「それじゃあ、みんなが転職して、戦闘に慣れたらダンジョンだね！」

「ああ、楽しみだ！」

「頑張らなきゃね」

「オーケー、任せて！」

「しっかり転職試験の支度をしなければいけませんね！」

私がワクワク顔で告げると、フレイたちも気合を入れて頷いてくれた。


夜になり、私は試練に挑戦するパーティメンバーを考える。

私、タルト、ルルイエ、ケント、ココア、フレイ、ルーナ、リーナ、ミオ……これで九人。試練に入れるのはあと三人。覚醒職以上でメンバーを揃えるとなると、あとは……火力枠でルーディット。これで一〇人。

「あと二人は……やっぱりあの二人かな？　でも、時間があるといいんだけど……」

脳裏に思い浮かべたのは、ティティアとリロイの二人だ。ティティアは〈教皇〉という文句のつけようもないユニーク職だし、試練の鍵をくれた張本人でもある。ぜひ連れていきたい。そんなティティアを連れていくとなると、リロイは絶対についてくることがわかっているので、必然的にメンバーになる。

「リロイは支援も攻撃もしてくれるから、ちょっとしたサポートもしてもらいやすいんだよね」

たとえば後衛がモンスターに攻撃されて、けれど前衛の対処が間に合わないとき。そういうときにフォローしてくれるので、かなりありがたい存在だ。基本的な支援は私ができるけれど、やはりもう一人いてくれるのは心強い。

「……うん！　二人には明日、声をかけてみよう」

そうと決まれば、試練のためのアイテムもほしくなってくる。回復アイテムはもちろんだけれど、攻撃力が上がる〈咆哮《ほうこう》ポーション〉もタルトに作ってもらわなければ。

「よし、さっそく相談に――」

行こうと思ったところで、部屋にノックの音が響いた。誰だろうと首を傾げつつドアを見ていると、「タルトですにゃ！」と声がした。

「どうぞ。私も今、タルトに相談しようと思ってたことがあって――って、フレイ、リーナ？」

ドアを開けると、タルトだけではなく、フレイとリーナも一緒にいた。フレイたちの表情にはどこか焦りの色が浮かんでいて、何かあったらしいことがわかる。

「どうしたの？」

「……昼間の転職の話し合いの後、アイテムの買い物に行ったミオがまだ戻ってきていないみたいなんだ。シャロン、何か聞いていたりしないか？」

「え!?　私は何も聞いてないけど、この時間にまだ戻ってきてないのは心配だね」

もう周囲は暗くなっていて、開いている店といえば酒場くらいだろうか。ミオのように可愛い子が外にいたら、間違いなく酔っ払いに絡まれてしまうだろう。

「でも、〈巫女〉とはいえミオは高レベルだから……そうそうやられるようなことはないと思うんだけど……」

とはいえ心配なことには変わりない。

「その点はあまり心配してない。ただ、この街へは来たばかりだからな。もしかしたら迷子になってるのかもしれないだろう？」

「ああ、なるほど……」

迷子になって泣いているかもしれないという発想はなかったよ。

「それなら、すぐ捜しに行った方がいいね。念のため、お兄様に言って騎士団でも捜索してもらおうか。その方が早く見つかるから」

私はちょうど通りかかった使用人に、ミオがまだ帰っていないので騎士団に連絡してもらうようお願いする。

「ありがとう。とりあえず、外に行ってみよう」

「うん」

温暖な気候のファーブルムとはいえ、夜は肌寒い。空を見上げると満天の星が見えて、ついつい自分がイグナシア殿下に国外追放を言い渡されて、この国を出たときのことを思い出してしまう。

……あの日の星空も、素敵だったもんね。

そんなことを考えていると、アンネマリーが全員分の外套《がいとう》を持ってきてくれた。

「もう夜も遅いです。……騎士団の皆様にお任せすることはできないのですか？」

「お兄様にも連絡は入れているので、騎士団の皆さんも動いてくれてはいます。ですが、心配ですから……ただ待っていることはできません。わたくしも強くなったので、大丈夫ですよ」

「……かしこまりました」

私の言葉に、アンネマリーは心配の色を浮かべつつも了承してくれた。彼女もミオのことは心配してくれているし、私が強くなったことも理解してくれているのだろう。

「それじゃあ、いってきます」

「無事のお帰りをお待ちしております」


私、タルト、フレイ、リーナ、の四人で外套を羽織って街に出た。ルーナは入れ違いでミオが帰ってきたときのため、留守番役をしてくれている。

風が冷たくて、もしミオが薄着で出歩いているのなら早く見つけてあげた方がいいだろう。

「ミオは、転職の旅用のアイテムを買いに出ていったんですにゃ？」

「うん。時間があまれば、少し街を歩いたりするとも言っていたけど……どこら辺だろう」

「そういえば、王城を見てみたいと言ってましたにゃ」

「なるほど……。確かに、王城はそうそう見られるものではないから、観光にはいいかもしれないな」

タルトとリーナがミオのことを話すと、フレイもそれに頷いた。確かに王城は圧巻だし、見てみたいという気持ちはわかる。

……でも、王城はそう簡単には入れない。見るといっても外周を眺めるくらいなので、そうそう時間はかからないのではと思う。ただ、そこで迷子になっていたらどうしようもないけれど……。

「王城を見に行ってみよう」

フレイの一声でひとまず王城に向かって歩いてみるが、うちの屋敷は公爵家だけあって王城に近い。あっという間に王城の門が見えてきた。

タルトがキョロキョロ周囲を見回して、遠くの方もじっと見つめる。猫は夜目がきくので、私たち人間よりも遠くが見えているのかもしれない。

「うーん、ミオはいなさそうですにゃ」

タルトの耳がへたりと垂れて、力なく首を振った。

「もしかして、お腹がすいてお店に入ったりしたとか？」

「それはあるかもしれないですにゃ。あ、酒場でミオを見かけなかったか聞いてみるのもいいと思いますにゃ」

「オーケー、そうしましょう」

まずは酒場で聞き込み調査だ！　ということに落ち着いたのだが、「フレイ!?」というミオの声が聞こえてきた。声のした方を見ると、ちょうど王城の門からミオが出てきたところだった。

……え、王城にいたの!?

私は驚いて、目を瞬《しばたた》かせた。王城には、門番がいるし、誰でもすんなり入れるわけではない。

すぐにフレイとリーナがミオに駆け寄っていく。

「ミオ、帰りが遅いから心配していたんだぞ！」

「そうだよ。何かあったのかと思って、心配したんだから」

「ごめんなさい。王城を見ていたら、中に入れてくれて……。〈巫女〉として、懺悔《ざんげ》を聞いたりしていたのよ」

「そうだったのか」

ミオの言ったことを聞き、そういえばこの国は騎士系の職が多く、癒し手系の職が少ないのだったと思い出す。それもあって、〈巫女〉のミオが重宝されたのかもしれない。もしくは、彼女自身が貴族だからというのも理由の一つかもしれない。

しかしこの王城で懺悔を聞くお仕事をした……っていうことだよね？　脳筋騎士団の相手をしていたとしたら、ご苦労様だね……。

「だが、今度から帰りが遅くなるときは連絡してくれると助かる。私たちは冒険者だから、自分のことは自分で守れるだろうが……やはり心配だからな」

「ごめんなさい、フレイ。次は気をつけるわ」

「そうしてくれ」

フレイはミオが頷いたのを見て、ほっと胸を撫《な》で下ろしている。

「二人にも、心配をかけてしまってごめんなさい」

「ううん。ミオが無事でよかったよ」

「何もなくてよかったですにゃ。でも、初めて来た街で〈巫女〉の仕事ができちゃうなんて、すごいですにゃ」

私が無事を喜ぶと、タルトはミオの仕事にも興味を持ったみたいだ。

「いえ、わたくしなんて大したことはしていないんですよ。……ただ、体の傷はスキルを使えば簡単に癒すことができますが、心の傷は難しいですからね。わたくしは、少しでもその助けになればいいと思っているのです」

「とても素敵な考えですにゃ！」

「ありがとうございます」

ミオの言葉に、私もタルトと一緒に頷く。私は職業《ジョブ》〈聖女〉だけれど、もしかしてもしかしなくてもミオの方が〈聖女〉ですね……。


私たちはミオの話を聞きながら、屋敷へ続く道を歩いていく。聞き役は、ミオの仕事内容に興味を持っているタルトだ。

「どんな人の話を聞くんですにゃ？」

「わたくしは、誰の話でも聞きますよ。たとえ悪人であっても、懺悔したいと思えば許す心も必要になってくるでしょう？」

「悪人の話を聞いたんですにゃ!?」

タルトが驚いて、尻尾の毛をぶわっとさせた。すると、ミオは「例えです！」と手と首を振って否定する。

「悪人の話でも聞くというだけで、今いたわけじゃないですよ。そもそも、王城内を悪人が歩けるわけがないですから。もしいたとしても、牢屋《ろうや》とかじゃないですかね？」

「びっくりしましたにゃ」

二人のやり取りを聞いて、私は苦笑する。確かに王城に悪人が歩いていたら大変だし、騎士は何をしている！　って責任問題になるね。

「今日は、騎士様やメイドさんの話を聞いたりしましたよ。人に話すことで、気持ちが軽くなって救われることも多いんです」

「なるほどですにゃ」

「騎士様には、鍛錬がきついと嘆いている方もいらっしゃいましたよ」

「そんなにですにゃ!?」

「ですが、聞く限りシャロンの狩りに比べたら可愛いものでした」

「にゃ、にゃ……」

だんだん会話の雲行きが怪しくなってきたところで屋敷に到着したので、この話はここまでとなった。

事前準備

ルーナ、リーナ、ミオが転職の旅に出たので、私は私でできることをやろうと思う。するべきことは、インスタンスダンジョン〈聖女の試練〉に挑戦する仲間を集めることだ。

今いるメンバー九人は当然としてあとは三人、一人はルーディットに頼むとして残りの枠は二人。

「ゲートを使ってちゃちゃっと話しに行こうかな」

私がいつもの装備に身を包んで出かけようとすると、タルトとルルイエが「どこに行くんですにゃ？」とこっちにやってきた。見ると二人も出かけるところだったようだ。

「私は試練に挑戦するメンバーを集めに行こうと思って」

「大事なやつですにゃ！　わたしも一緒に行きますにゃ？」

「一人で大丈夫だよ。タルトもルルと出かけるところだったんでしょ？」

二人がどこに行くのか聞いてみると、タルトとルルイエは顔を見合わせて頷《うなず》く。

「〈製薬〉で使える素材を買いに行こうと思ってたんですにゃ。冒険者ギルドには買い取り依頼も出してるので、ある程度は集まってるはずですにゃ」

「それこそ大事なやつだ！」

「わたしはタルトの手伝いとご飯の買い出し」

「それも大事だし、タルトの手伝いも偉すぎる……！」

タルトのポーションにはいつも助けられているし、〈火炎瓶〉は火力の一つだ。不足したらタルトも自分の戦力が減るので、心許《こころもと》なくなってしまうだろう。

「私はツィレに行くから、ついでにギルドに寄ってこようか？」

「そこまで急ぎじゃないですし、ほかにもいろいろ見たいから、大丈夫ですにゃ。ありがとうございますにゃ、お師匠さま」

「そっか」

私はタルトの言葉に頷いた。自分で素材を選んで買うというのも〈錬金術師〉の醍醐味《だいごみ》の一つだと思っているので、タルトが自分だけで問題ないというなら任せるのが一番いい。もちろん、何か手助けが必要であれば全力でサポートするけれども！

タルトはルルイエと一緒に、「素材採取の旅ですにゃ！」なんて盛り上がっている。今度時間があるときに、貴重な素材がある〈エルンゴアの楽園〉にも連れていってあげたい。

「それじゃあ、また夜にね。いってらっしゃい、タルト、ルル」

「お師匠さまもいってらっしゃいですにゃ」

「いってきます」

タルトとルルイエと別れ、私はゲートを使い〈聖都ツィレ〉へ飛んだ。

そんなに長期間ツィレを離れていたわけではないけれど、私の拠点のような街だったので、なんだか帰ってきたなという感じがしてしまう。

〈聖都ツィレ〉はティティアがしっかり治めるようになって、活気が出て、治安もよくなり、人々の笑い声の絶えない優しい街になった。私――というかタルトが、冒険者ギルドで〈オークのぼろ布〉をはじめ素材の買い取りをしているので、〈オーク〉を狩る強い冒険者も増えている。

散歩がてら少し街を歩いてみると、新しい露店ができたりしていた。

……でも、その場所に以前何があったか思い出せない。街中あるあるだと思う。私だけじゃないよね？

「そういえば、クリスタル大聖堂は〈ティティア大聖堂〉になったわけだけど……私、ティティアに会えるかな？」

そんな不安が脳裏をよぎった。

「ティティア直下の〈聖騎士〉なら私の顔も知ってくれてるけど、見張りをしてる人とかじゃ私の顔なんて知らないだろうし……いきなり教皇に会いたいって言っても笑顔でアポイントメントはございますか？　なんて言われてしまうのでは……」

そんなことを考えながら歩いていたら、目的地の大聖堂に着いてしまった。

駄目でもともと、女は度胸！　ということで〈ティティア大聖堂〉に入ってみる。入り口に〈聖堂騎士〉はいたけれど、どうやら一階のお祈りする部屋は誰にでも開放しているようだ。

特にお祈りをしたいわけではないので、私は受付の女性に声をかけることにした。

「すみません」

「どうされましたか？」

「私はシャロン。ティー……ティティア様の友人なんですが、繋《つな》いでいただくことはできますか？」

「ティティア様のご友人、ですか……」

女性はぱちくりと目を瞬《しばた》かせた後、苦笑した。

……ですよね！

「えーっと……それなら、リロイ様か、それかブリッツさんかミモザさんでも――」

「こんなところで何をしているんですか、シャロン」

私が受付で不審人物になっていたら、後ろから声をかけられた。

「リロイ!!」

「シャロンがここに来るなんて珍しいですね」

「実は相談がありましてね……」

アハハと笑いながら告げると、リロイはやれやれといった顔になりつつも頷く。受付の女性に「問題ありません」と言い、そのまま歩きだした。


私がリロイの後ろをついていくと、大聖堂のクリスタルでできた階段を上り、応接室に通された。

クリスタルの床には上品なカーペットが敷かれ、壁には絵画が飾ってある。荘厳な部屋であることはわかるけれど、厭味《いやみ》ったらしい感じはない。

巫女《みこ》がお茶を出して下がると、リロイがいい笑顔で私を見た。

「それで、いったいどんな厄介ごとの相談ですか？」

「ちょ、厄介ごとって決めつけないでほしいんですけど……！」

「……厄介ごとではないんですか？」

「………………否定はできないかもしれません」

しばし考えた結果の私の答えに、リロイは「やっぱり」と言って笑う。

「ダンジョンを攻略するために、ティーとリロイの力を借りたいんです」

「ダンジョンですか？」

リロイが私の言葉を復唱したので、頷いて肯定を示す。私はティティアからクエスト報酬としてもらった鍵を取り出して、リロイに見せる。

「ティーにもらったこの鍵ですが、使うとダンジョンが出現することが判明しました」

「その鍵でダンジョンが!?　……古い文献に、そういった代物があると書いてあったのを読んだことはありますが、本当にあったとは……」

驚くリロイに構わず、私は説明を続ける。

「ダンジョンに挑戦できる人数は、一二人。私とタルトのほかには、ルルイエ、ココア、ケント、私の兄のルーディット。それから、〈勇者〉のフレイ、そのパーティメンバーのルーナ、リーナ、ミオです」

「なるほど、そこにティティア様と私で一二人ということですか」

「そうです」

「…………」

私が頷くと、リロイは鍵をじっと見て黙ってしまった。おそらく、この鍵で行けるダンジョンのことや、危険性などを考えているのだろう。

……でもきっと、この鍵のダンジョンに行くのはティティアが相応《ふさわ》しいとも考えていそう。とはいえすごく危険そうなので、本当にティティアを連れていっていいのか悩んでいるというか……ティティアに報告するかすら、決めかねているのかもしれない。

だって、ティティアが聞いたら絶対に行くと言うだろうからね。

「ちなみにこの鍵で挑戦するダンジョンは、〈聖女の試練〉。ボスは恐らく女神フローディアです」

「な、またフローディアが出てくるんですか!?　あの方は、島で――」

「同じだけど同じではないフローディア、ですかね」

私たちが倒した〈女神フローディア〉と、このダンジョンで出る〈女神フローディア〉は同じだけど違うというかなんというか……説明が難しいね。

……ゲームだからこういうものだよ！　と言えたらどんなに楽か。

リロイは小さく息をついて、観念したかのように私を見た。

「わかりました。ティティア様に報告します。……ティティア様は〈教皇〉として、女神フローディアとは対峙《たいじ》しないといけないと思いますから」

「ありがとうございます。とはいえ私は負けるつもりはありませんから、一緒に勝利を掴《つか》みましょう！」

「シャロンのその言葉は、とても頼もしいですね」

私がぐっと腕を曲げると、リロイは希望を持ったような笑顔を見せた。


「シャロン〜〜！」

「ティー、久しぶり！」

私を見るやいなや飛びつきそうな勢いで走ってきたティティアを、手を振って迎えようとしたのだけど——そのまま抱きつかれてしまった。

「ティー？」

「シャロンは〈聖女〉なので、本当はシャロンこそこの大聖堂に相応しいのに……」

「いやいやいやいや、正気に戻ってティー。私は冒険したいから、こういう管理が大変そうな建物はちょっと……」

ときおり遊びに来させてもらって素晴らしさを堪能するくらいがちょうどいいのです。そんなことを言ったら、リロイに「なんて不敬な……」と睨《にら》まれてしまった。ティティアも予想通りの返事だったようで、「ですよね」と笑っている。


ティティアの分のお茶も用意してもらい、近況報告などをしつつ雑談タイムだ。

「シャロンたちは今、ファーブルムにいるんですね」

「そうです。ああ、ティーがファーブルムに和平の申し入れをしてくれたこと、ヴィルヘルム陛下

から伺いました」

「はい。わたしたちは争いたいわけではないので、よいお返事をいただけて嬉《うれ》しいです」

ほわりと微笑《ほほえ》んだティティアは、今回のことが上手《うま》く進みそうで、本当に嬉しそうだ。

私は目を閉じて、ティティアがしてくれたこと、してくれようとしていることを考える。

自国のことだけではなく、他国の平和も考えるティティアは本当にすごい。私よりよっぽど聖女の名に相応しいと思う。

目を開けてティティアを見れば、「よかったです」と笑みを浮かべるばかり。それにつられて、私の口角も上がる。

「ティー……いいえ、〈教皇〉ティティア様。〈ファーブルム王国〉の公爵家の娘として、この度のティティア様の英断に感謝いたします」

「――！　わたしは、この世界が平和であればそれでいいのです。シャロンにもたくさん世話になりました。ありがとう」

二人で礼を言い合い、私たちは顔を見合わせて笑う。

「ティーに会えてよかった」

「わたしだって、シャロンに会えてよかったですよ！　そもそも、シャロンがいなかったら、わたしもリロイも今頃生きていなかったでしょう。シャロンはわたしたちの恩人です。だからわたしは、シャロンの頼みはなんでも叶《かな》えたいと思ってしまいます」

「それは出血大サービスですね」

ティティアの言葉に私がニヤリとしてみせると、すかさずリロイから「真に受けないように」と注意が飛んできた。

……リロイのことも助けてあげたのに、ちぇ。

お茶を飲んで喉を潤すと、ティティアが「それで……」と話を続けてきた。

「ダンジョンに挑戦するのはいつですか？　今からですか？」

「さすがに今からじゃないですよ!?」

「シャロンなので、今からの可能性もあるかと思って……！」

ティティアの中で、私はかなりの無茶ぶりマンになっているようだ。

「今、〈勇者〉フレイのパーティメンバーが覚醒職の転職クエスト中なんです。それが終わって戻ってきて、新しい職業《ジョブ》に慣れるまで狩りをして……その後ですかね」

なので、そこまで早急ではない。試練も別に期間制限があるわけではないので、それならば準備万端で臨むのがいいだろう。

私の説明を聞いたティティアが、あからさまにホッと胸を撫《な》で下ろした。

「よかったです。連携の確認などをしてからダンジョンに挑戦できるんですね。わたしはあまり機敏な動きができないので、頑張らなければ」

「ティーのスキルはとっても頼りになるので、いてくれるだけで嬉しいですよ。だけど、そうやって向上心を持っているティーはすごいと思います」

「ありがとうございます」

タルトもそうだけれど、私の周りの子たちはみんな頑張り屋さんなのだ。

しかし、今回の攻略で読めないことはもちろんある。それは出てくるモンスターの強さや、ダンジョンの規模――攻略時間だ。

……ゲームのときのクリア時間は参考にしない方がいいよね。

ゲーム時代にもいろいろなＩＤ《アイディー》があったけれど、早ければ数十分で攻略、長くとも五時間もあれば攻略が可能だった。しかし現実となるとそうはいかない。食事はもちろん、睡眠などの休憩も必要になってくるだろう。幸い〈鞄《かばん》〉と〈簡易倉庫〉があるのでアイテムや食料はどうとでもなるけれど、疲れだけは基本的に休むしかない。

……ティティアって、どれくらいツィレを離れても大丈夫なんだろう？

攻略メンバーでの練習とかは、ゲートがあるから日帰りすることもできる。しかし試練が始まってしまえば、途中で家に帰ることはできないのだ。

私がむむと悩んでいると、リロイが「早く喋《しゃべ》ってしまってください」なんて言ってくる。

「このダンジョンの規模の予想が難しいんです。……というか、実質的に予想不可能に近いというか。さすがに三日かかることはないと思いますけど、最悪、ダンジョンの中で一泊するつもりでいた方がいいですね」

「最奥にいるのが〈女神フローディア〉であれば、それも当然でしょう」

「仕方ありませんね」

白状したつもりだったのだけれど、ティティアとリロイはすんなり受け入れてくれた。

「でも、仕事の調整とか……大丈夫ですか？」

「構いませんよ。どのみち、ティティア様とは一度ファーブルムに行こうと話していましたからね」

「あ、和平の件で……」

「はい」

時期だけ考えるならば、今回のことはタイミングがよかったみたいだ。そのことにホッとしつつ、私はファーブルムに滞在中はうちに泊まればいいことを二人に告げる。

「王城で来賓として部屋は用意してくれると思いますけど、ぜひうちに来てください。美味《おい》しい桃でおもてなししますよ」

「「桃？」」

私の言葉に二人ともきょとんとしたので、〈桃源郷〉で美味しい桃をゲットした話をしておいた。

リロイは「〈桃源郷〉の情報まで持っていたんですか!?」と驚き口元を引きつらせ、ティティアは「わたしも行きたいです！」と手を挙げた。

「今回のダンジョンをクリアしたら、みんなで〈桃源郷〉に遊びに行くのもいいかもですね」

「それはいいですね！」

私の提案に、ティティアはぱあっと笑顔を見せた。

ティティアとリロイには、一〇日後にファーブルムに来てもらうことになった。それまでにルーナたちが転職から戻ってくればスキル上げなどをしていく予定だ。その後、全員合流したら連携などを確認しつつ狩りをする。

……うん、完璧な計画！

〈ティティア大聖堂〉を後にした私は、のんびりツィレで買い物をすることにした。何か役に立つアイテムが売っていたら嬉しいし、回復薬を補充しておいてもいいだろう。

「幸いお金はいっぱいあるし……♪」

お店を見つつ歩いていると、何度かお世話になった道具屋の前にやってきた。〈ぷるぷるゼリー〉を大量買いして、店主を驚かせてしまったお店だ。

せっかくなので、私は「こんにちは〜」とドアを開ける。すると、すぐに店主が出てきて「おお、久しぶりだな」と言ってくれた。

「最近、姿を見てなかったから心配していたんだ。冒険者生活はどうだい？」

「スノウティアに滞在してることも多かったので、あんまりこっちにはいなかったんです。この後はすぐ、ファーブルムに行く予定なんですよ」

「そうだったのか」

最初に来たころの私は駆け出し冒険者みたいなものだったのだけれど、まさか心配してくれていたとは……。この道具屋には定期的に買い物に来よう。そうしよう。

「今日は何が入り用だい？」

「野宿に便利なものが一通りほしいですね。あとは何か、珍しいアイテムでもあれば……っていう感じでしょうか」

私はそう言いながら、〈火種〉などを購入しておく。これは焚《た》き火《び》をするときに便利なので、いくらあってもいい。あとはマグカップや食器類なども少し買い足しておく。今度のパーティは大所帯だからね。

「それから、〈空き瓶〉もたくさんほしいですね」

なんだかんだで、〈空き瓶〉はいろいろな使用用途がある。タルトの〈製薬〉もそうだし、〈聖水〉を作るときも必要になってくる。

「ああ、どれも揃《そろ》えているよ」

店主が〈火種〉や〈空き瓶〉を用意してくれる。在庫を見て、売っても問題ない分だけすべて売ってもらうことにした。うん、これで野宿も問題なしだ。

「珍しいアイテムといえば……ここ最近、ファーブルム方面からの仕入れが増えているんだ」

「！　商人の行き来が増えたんですかね」

「みたいだね。ツィレはマナの回復アイテムが多いが、向こうは体力の回復アイテムが多いだろう？　防具屋とかじゃ、近接戦装備も増えてきているようだよ」

「なるほど……」

まだ大々的には動いていないだろうに、商人たちはティティアが和平するつもりという情報をいち早く手に入れて行動しているようだ。人の移動はまだ盛んにはならないだろうけれど、冒険者の職業の偏りが減ってくれたらいいなと思う。

「ファーブルムの回復薬も買っていくかい？」

「あー……それは大丈夫です」

「わかった」

私は野宿用品などだけ購入して、店を出た。


ゲートを使ってブルームに戻ると、私は王城の横にある騎士団の詰め所へ足を運んだ。花と剣と盾が描かれた旗が掲げられているここは、騎士職が多いこの国の象徴でもある。

騎士団の詰め所に来たのは、ルーディットにもダンジョン攻略の同行を頼みたいので、その相談のためだ。

ちなみに家でその相談をしないのは、父が絶対に一緒に行きたいオーラを出してくるから。騎士団長なので頼りにはなるけれど、人数の枠がもうないのでね……。

「でも、お兄様いるかな？」

最近はフレイ、ケント、ココアが騎士団で一緒に鍛錬することが多いらしいので、ルーディットも詰め所にいることが多いとは聞いている。

……でも、何かあればすぐマッハに乗って突撃しちゃう兄だからなぁ。

なんてことを考えていると、裏手にある鍛錬場から「うおおおお！」というケントの声が聞こえてきた。どうやら今日も元気に鍛錬しているようだ。

私が顔を出すと、ケントが騎士たちに揉《も》まれているわけではなく――騎士たち相手に無双していた。

「ハァ、ハァ……。まだ若いのに〈竜騎士〉だなんて……。ケントさん、すごすぎる」

「俺もいつか〈竜騎士〉になりたい……！」

〈騎士〉や〈竜騎士〉に憧れていたケントは、いつの間にか新人騎士から憧れられる存在になっていたようだ。

……ケント、すっごく頑張ってたもんね。

思わずクスリと笑うと、「シャル？」と後ろから声をかけられた。振り向くと汗をかいてるらしいルーディットがタオルで首を拭《ぬぐ》いながら歩いてきているところだった。

「お兄様！」

「シャルがここに来るなんて珍しいな。どうかしたのか？」

「実はお兄様に相談があって来たんです。今、大丈夫ですか？」

「ああ」

私の返事に頷いたルーディットは、「こっちだ」と言って外のベンチに案内してくれた。

鍛錬場から少し離れた場所にあるベンチは、すぐ横に花壇があった。何種類かの花が咲いているけれど、ハーブなどを育てるために使われているようだ。もしかしたら、騎士団の食堂で使われているのかもしれない。

「んで、どうしたんだ？　シャルがここまで来るっていうことは、家じゃ話せないようなことなんだろう？」

　どうやら私の考えはお見通しのようだ。

　ルーディットは脳筋なところがあるのに、父に似てか抜群に勘がよくて、戦闘センスもある。無茶ばかりするくせに、部下から慕われる人気者。

　……私にはもったいないくらい、できたお兄様だ。

「実はダンジョンの件でご相談があるんです」

「お、ダンジョンか！　いいな。今から行くのか？」

「今からなんて行きませんよ……」

　いきなりすぎではないだろうか。

「いやほら、シャルならすぐ行くって言いそうだなって」

「言いません！」

　みんな、私に対する認識がちょっとおかしいのでは……？　思わずそんなことを考えながらも、私は〈聖女の試練〉のことと、パーティメンバーの説明をした。

　話を聞き終えたルーディットは、「はああぁぁ」と大きなため息をついた。てっきり喜んでウキウキでダンジョンに突撃すると思ったのに。

「お兄ちゃんは妹が心配だ……」

「…………」

「まあ、それはそれとして、もちろん行く。未知のダンジョンへの挑戦、たぎるぜ！」

「燃えてくれるのは嬉しいですけど、時間は作れますか？」

どうやら行くことに関しては問題ないようだ。私はそのことにホッと胸を撫で下ろしつつも、仕事の調整がつくのかもしっかり確認する。

……私を捜すためツィレに来たとき、かなり休暇をもらってるはずだからね……。

「ベルクレットあたりに任せておけば、いい感じにやってくれるだろう」

「またそんなことを言って……」

心配する私をよそに、ルーディットはあっけらかんと答えた。

ベルクレットはルーディットの部下で、私の侍女アンネマリーの兄でもある。兄妹揃って二人にはいつも面倒を見てもらいっぱなしだ。

とはいえ、ルーディットの不参加は戦力的にも厳しいから……ベルクレット様に感謝するしかない。

「あ、そうだ。どうせ肩慣らしするなら、〈昆虫広場〉にでも行ってみるか？」

「〈昆虫広場〉ですか……」

〈昆虫広場〉とは、ブルームの近くにあるダンジョンだ。その名の通り昆虫系のモンスターが出るところで、比較的初心者でも行くことができる。

ルーディットの提案に、私はどうしたものかと考える。

「なんだ、嫌なのか？」

「別に嫌というわけじゃないんですけど……。せっかくだから、〈花畑の迷路〉でもいいかなと思ったんです。花畑は美味しい蜂蜜のドロップがあるから、ルルも喜ぶかと思って」

「食い気か」

私の言葉にルーディットが笑う。しかしすぐにその表情は真剣なものになり、先ほどよりも声を潜めて言葉を続けた。

「だが〈花畑の迷路〉と簡単に言ってくれるが、あそこは不可解な道になっていて、攻略がほとんどできてない上にモンスターが強い。肩慣らしで行くような場所じゃない——が、蜂蜜のドロップがあることを知っているということは、シャルは俺よりあのダンジョンに詳しいわけか？」

「あ、あはははは……」

ルーディットが言う通り、私は〈花畑の迷路〉ダンジョンを把握している。迷路の道順もしっかり覚えているし、ボスを倒して美味しい蜂蜜を手に入れたいとも思っているくらいだ。

私が笑うように誤魔化したからか、ルーディットは「つたく」とため息をつきつつも頷いてこちらを見た。

「シャルが問題ないと言うなら、問題ないんだろう。俺だって、〈花畑の迷路〉は攻略したいと思っていたんだ。行くぞ！」

「……はい！」

こうして、私たちは試練前の肩慣らしで〈花畑の迷路〉へ行くことが決定した。

〈花畑の迷路〉で肩慣らし

ルーナ、リーナ、ミオが無事に転職を終えて戻ってきた。ルーナは〈アークメイジ〉に。リーナは〈宝発掘師《トレジャーハンター》〉に。ミオは〈呪術師〉に。

ティティアとリロイも合流し、今は私の家のお茶会室に集まって顔合わせが終わったところだ。〈勇者〉のフレイを、ティティアはとても憧れの眼差しで見ていた。仲良くできそうで何よりです。

「ということで、みんなで肩慣らしのために今からダンジョン〈花畑の迷路〉に行こうと思います！　わー、パチパチパチ！」

私が盛り上げるために拍手をしてみると、リーナとミオがきょとん……としてからすぐにリーナが声を荒らげた。

「え、いきなりすぎじゃない!?　聞いてないんだけど！」

「え？　今、言ったじゃない」

「今ッッッ!!」

リーナが力強く私の言葉を反芻《はんすう》したけれど、別に〈花畑の迷路〉はそこまで警戒するダンジョンではない。今の私たちなら問題なくクリアできるので、なんの心配もいらない。

ちなみにメンバーは、〈聖女の試練〉に挑む一二人だ。

「お師匠さまはいつもこんな感じですから、大丈夫ですにゃ」

「……そうだね。シャロンだもんね」

タルトがリーナに謎のフォローをしてくれている。そしてそれを横で聞いていた全員がこれまた頷《うなず》いている……解せぬ。

そんな空気を変えるかのように、フレイが口を開いた。

「〈花畑の迷路〉にはどうやって行くんだ？」

「――もちろん、ドラゴンで飛んでいきます！」


大きく風を切ってドラゴンが飛んでいく。もう空の上はお手のもので、地上より少し冷たい空気にもすっかり慣れた。

ダンジョン〈花畑の迷路〉は、ブルームから南東の場所にある。周囲には街道と花畑があり、空から見下ろした風景は美しいの一言につきる。つい先ほどまで小雨が降っていたようで、太陽の光を浴びた花がキラキラ輝いている。

私たちは花の噴水がある広場へ降り立った。噴水の奥にはフラワーアーチがあり、そこを通り抜けた先がダンジョンになっている。

「美しい場所だな」

「うん。空からの景色も圧巻だったし、もっと早く来ればよかったかも！」

私はそんなことを言いながら、全員に支援をかけていく。

今回は私がメイン支援を行い、リロイとミオには補助をしつつ立ち回りを覚えてもらう予定だ。支援はただ回復すればいいわけではなく、モンスターの数や殲滅《せんめつ》までの時間や周囲の状況なども把握しなければいけない。それを無意識に……とまではいかないけれど、スムーズにできるようになる必要がある。

リロイとミオに声をかけ、基本的なフォローの仕方を話し合っておく。

「私は主にケントに回復を使うから、ミオはケント以外の前衛を中心にお願い。リロイは後衛をメインに見てあげてほしいの」

「わかりました。でも、なぜその役割分担なんですか？」

ミオの質問に、私は「スキルの違いだよ」と答える。

「私のスキルは、一度に回復できる体力が三人の中で一番多いの。だから、壁として攻撃を受けて体力の減りが早いケントを回復するには、私が一番効率がいい。リロイが後衛なのは、バリアを張れる防御スキルがあるから。ミオが前衛なのは、モンスターに対しての攻撃もしつつ、継続的に回復するスキルも使えるからだよ」

「確かに理にかなっていますね……」

簡単な説明になってしまったけれど、納得してくれたようだ。ミオは〈呪術師〉になったので、味方の回復支援と敵への攻撃スキルを使うことができる。それはアイテムの〈札〉を使用して行うこともあり、前衛を見ていられるポジションがやりやすいのだ。

ミオは〈札〉を一枚取り出して、スキルを使う。

「〈呪・体力転換《チェンジ》〉！」

〈札〉は私の方へ飛んできて、私の近くに浮いたまま止まった。ミオが告げたスキルと同じ体力転換の文字が〈札〉に書かれている。見たとき、なんの効果を持った〈札〉かがすぐわかるのは便利だ。〈札〉は複数枚使うことができ、追加がくれば今の〈札〉の隣に浮かび、最終的に私をぐるりと囲むように配置されるだろう。

……なんだかちょっと格好いいね。

「このスキルは、ダメージを受けたときにマナを削って自動回復するものです。マナは減るけど、シャロンみたいにマナの量が多い人には有用！　……だと思う」

「そうだね。ただ、時と場合にもよるかな？　私は結構スキルを使うから、むしろスキルの使用頻度の少ない前衛にかけることがいい場合もあるよ」

「なるほどですわ！」

ミオは目から鱗といわんばかりに、スキルを前衛にも使っていく。〈呪術師〉のスキルは頼もしいものが多いけれど、使用判断が難しいものもある。

「勉強あるのみ、頑張らなきゃ！」

「うん。何かあればいつでも相談してね」

「ありがとう、シャロン」

ひとまず支援チームは簡単に方針を決めたので、全体でも少し打ち合わせて――いざ出発！

このダンジョンは〈花畑の迷路〉という名前の通り、迷路のような造りになっているダンジョン。迷路特有の行き止まりには、場所によってはモンハウになっていたりするので、危険だけどおいしい思いもできる楽しいところだ。

今回は私が進行方向の指示を出して、戦闘に慣れながら最奥のボスを倒して終了……という流れ。

「うおおわっ!?」

叫び声をあげたケントが、咄嗟《とっさ》に剣を構えて攻撃を受け止めた。攻撃してきたのは、〈人食い花〉だ。大きな花の部分には牙がついていて、近くを通ると噛《か》みついてくる。

……かなり心臓に悪いね。

〈人食い花〉は獲物が近づいてくるまでは微動だにしないので、普通の花なのかモンスターなのか事前に判別ができない。というのも、〈人食い花〉が普通の花と同じ外見をしているからだ。

「大丈夫、びっくりはするけどそんなに強くないから。ケントの攻撃でも一撃だと思うよ」

「え、本当か？」

私の言葉に目をぱちくりさせたケントがスキルを使って攻撃すると、〈人食い花〉はあっけなく光の粒子になった。

「なんだ、そんなに強くなかったんだな。花に擬態していきなり襲ってくるのも、弱いなりに勝率を上げる作戦なのか？」

「てか、俺たちが強いんだよ。騎士団の大半は〈人食い花〉に勝てやしねぇよ」

「――――！」

真剣に考え始めたケントに、ルーディットが正論を告げる。このダンジョン、全然攻略が進んでいないと言っていたからね。

「それもそうですね……。シャロンといると、自分が強いことをつい忘れるんです」

「それは……わかる！」

今度はケントの言葉にフレイが乗っかってきている。私はやれやれとため息をつき、「はいはい！」と手を叩《たた》く。

「そんなことより、早く攻略するよ！　今日も料理長が腕によりをかけた夕食が待ってるんだから！　夕食前には帰宅です!!」

「料理長のご飯のために、頑張る！」

私の言葉に一番燃えたのは、もちろんルルイエだ。

「早く行こう！　ケントが〈人食い花〉が気になってるなら、わたしが先に進んでおくから見ててもいいよ」

「いやいや、俺も行くから！　大丈夫!!」

食べ物がかかったルルイエはいつもの三倍テキパキしている……気がする。普段はゆっくりマイペース気味なところがあるので、そのギャップがまた可愛《かわい》い。

「じゃあ、競争！」

「え」

ドヤッとしたルルイエが、大地を蹴った。ジャンプすると、あっという間に私の身長より高いところまで跳んでしまった。視線を動かしたルルイエは、「いち、に……」と何かを数えて腕を振った。

「〈ダークアロー〉、連射！」

ルルイエの周囲に闇の矢が顕現し、それが一気に撃ち出される。そして命中した先は、〈人食い花〉〈ハーピー〉〈シルフワーム〉〈ポイズントレント〉。近くにいたモンスターを根こそぎにしていて、さすがとしか感想が出てこない。

……というか、どの花が〈人食い花〉かわかってるの!?

漏れ出している少量のマナを感知しているのだろうか？　人間には不可能でも、女神のルルイエなら可能なのかもしれない。

……私もいつかできるようになれないかな。

「うわ、すげぇ……！　俺も負けてられないぜ。〈挑発〉!!」

ケントが大きく一歩前に出てスキルを使うと、近くを通りかかった〈ポイズントレント〉が襲いかかってきた。その攻撃を剣で受け止めつつ耐え、ココアとティティアが同時にスキルを使って倒す。

〈ポイズントレント〉は毒を持った歩く木なので、名前の通り毒攻撃をしてくる。現実世界となった今は、早く倒してしまいたい相手だ。

倒したのを確認すると、すぐリロイが支援をかけ直した。

……肩慣らししつつ連携の確認をって感じだったけど、みんなある程度戦闘に慣れてるから、連携もいい感じだ。

　このメンバーでＩＤに行っても特に問題はなさそうだと、私は胸を撫《な》で下ろした。


　そしてやってきたのは、ダンジョンの最奥。

「ここにボスがいるんだな？」

「うん。〈花畑の迷路〉のボスは、蝶々《ちょうちょう》だよ。といってもその辺に飛んでる蝶々じゃなくて、人の体に蝶々の羽が生えてる〈レディ・バタフライ〉。痺《しび》れ鱗粉《りんぷん》とかの状態異常攻撃をしてくるから、壁役の前衛は結構きついかも……」

　私の言葉にケントが苦い顔をしたけれど、すぐ首を振って「大丈夫だ！」と気合を入れる。

「それが前衛の役目だからな！　バタフライの攻撃だって、耐えてみせるさ！」

「頼もしいこと言うじゃねえか、ケント。俺とお前でバタフライの攻撃を抑えるぞ」

「――はいっ!!」

　ルーディットがケントの背中を叩きながら、全員に、いけるか？　と目配せをしてきた。私はそれに頷き、すぐさま支援をかけ直す。

「うし、いくぞ」

「「「応!!」」」

「にゃっ！」

ダンジョンの一番奥は、まさに花の楽園と言っていいだろう。

蝶々籠《かご》の広場と呼ばれているここは、色とりどりの花が足元で咲き乱れ、広場の外周は蔓《つる》が天井まで伸びて籠のかたちを作っている。その蔓には薔薇《ばら》が咲き、ボスのための装飾品のようだ。

ボスの〈レディ・バタフライ〉は金髪の縦ロールの美女で、頭には蝶々の触角を持つ。造形はとても美しいけれど、人ならざるものだということは一目でわかる。

『キルルルルッ』

ボスは感知能力がとても高く、すぐこちらに気づいた。そこにすかさずケントがダッシュし、〈挑発〉を使う。これでボスの攻撃はケントへ向かう。

「道中は狭くて魔法が使いづらかったから、張り切らせてもらうわね」

ルーナがそう言って一歩前に出て、杖《つえ》を構える。そして不敵な笑みを浮かべながら詠唱し、高らかに叫ぶ。

「〈深淵の吹雪《アビスブリザード》〉！」

瞬間、ルーナを中心に足元から凍《い》てつくような冷気が空に向かって昇っていった。その冷気は最初こそキラキラ光る銀色だったけれど、バタフライを攻撃するときは漆黒になる。暗く冷たい攻撃は、広範囲に及ぶが中心へのダメージは絶大だ。

「さすがルーナ！　魔法の使い方が上手《うま》いね！」

ボスは水系統に弱いのでダメージが大きくなるのだが、それ以外にも〈深淵の吹雪《アビスブリザード》〉には相手を凍らせるという状態異常が付与されている。100％ではないけれど、高確率で相手の動きを止めることができる。ただ、ボスの場合は三秒程度と短い。

「うわあ、格好良い！　私もいいところを見せなきゃ」

今度は杖と魔導書を構えたココアが前に出て、歌う。

「〈空から落ちた瞳は、鋭さを増し敵を撃つ♪〉」

ココアの澄み切った声が広場に響くと、ボスの頭上に水の剣が出現して攻撃する。動きが止まった瞬間だったので、大ダメージだ。

……うん、いい感じ！

『キルルルッ！』

「……ぐっ、かりゃ、だ……が……っ！」

「ケントに〈治癒〉！」

ダメージを受けて怒りを顕《あら》わにしたボスが、羽を振って状態異常攻撃をしてきたが、そんなものはすぐに治してしまう。痺れの状態異常を食らっていたケントは、すぐにホッと安堵《あんど》して「〈挑発〉！」と叫んだ。

ゲーム時代はまったく支障はなかったけれど、現実世界で痺れの状態異常を食らうと、口も痺れてしまい上手くスキルを使えないようだ。

……私が状態異常になったらめちゃくちゃやばいじゃん!!

一応回復アイテムは持っているけれど、痺れと沈黙の状態異常だけは絶対かからないように、今後は耐性装備を用意した方がいいだろう。

　そんなことを考えつつも、私はボスとみんなの様子を見る。ミオは周囲の警戒や、仲間の立ち位置を確認しつつスキルを使ってくれている。リロイは防御を切らさないようにしつつ、合間に攻撃も加えている。

「みんなバッチリ連携できてる……いいね！」

　私が感想を呟《つぶや》くと、隣にいたティティアが笑う。

「わたしたちは、今までもシャロンに鍛えられていますからね。それに、シャロンの期待に応えたい気持ちがありますから。自分が思っている以上に、みんな真剣で、すごい勢いで戦い方を吸収しているんですよ」

　みんなが真剣に生きているのだということが、ティティアの言葉でよくわかる。ケントもタルトも、みんなみんな常に一生懸命だということは私だってよくわかっている。

「……これから攻略するダンジョン、俄然《がぜん》楽しみになっちゃった」

　私がそう言ってニッと笑ってみせると、ティティアもにっこり笑って頷いた。

「はいっ」

　ボスが羽を動かしたのを見て、リーナが「いくよっ！」と大地を蹴った。短剣をバタフライに突き立てるようにして、スキルを使う。

「〈リセット〉！」

『キルルッ!!』

リーナの使った〈リセット〉は、スキルの発動をキャンセルすることができる。ボスの場合は成功率が100％ではないけれど、高確率であるため使用する〈宝発掘師《トレジャーハンター》〉は多い。

「オーケー、キャンセル成功！」

「うっし！　〈挑発〉！」

「〈必殺の光〉!!」

「〈嘆きの竜の一撃《ドラゴンランス》〉!!」

ボスの状態異常攻撃――しかも大技のスキルがキャンセルされたのを見て、ケントがすかさずヘイトを集める。

そこを見逃さないのが、ルーディットだ。ルーディットが攻撃のために足を半歩踏み出したところで、私も次の攻撃力が三倍になるスキルをルーディットに使った。

『キルルルル……ル……』

「やったか!?」

「とどめを刺しておきますにゃ！　〈ポーション投げ〉にゃっ!!」

弱って倒れそうになっているボスにタルトがとどめを刺すと、光の粒子になって消えた。残ったドロップアイテムは、〈バタフライの羽〉という装備だ。

「お、結構レアな装備がドロップしたね」

「ボスの羽みたいだが、どうやって使うんだ？」

「これは……んーと、リーナ！」

「え、私!?」

私はリーナをちょいちょいと手招きして、羽を装備してもらう。装備している間は背中から羽が生えてきて、自分の意思で動かすことができるようになるのだ。

羽が生えたリーナを見て、みんなが「おお〜！」と声をあげる。

「なんか不思議な感じ……。あ、背中？　に力を入れる感じにすると、動かせるんだ」

リーナが「面白いかも」と言いつつ羽を動かしているので、私はにんまり笑って使い方の説明を続ける。

「もっと力いっぱい動かすんだよ。走りながらだと、よりいいと思う！」

「え、走りながら!?　腕を振るから……？　ってこと？」

私の説明に首を傾《かし》げつつも、ルーナの「やってみたらいいじゃない」という言葉にリーナは頷いて走ってみせた。広場の外周をくるくる回るようだ。

走るリーナを見ていると、くいくいとローブの裾を引っ張られた。ルルイエだ。

「シャロン、美味《おい》しい蜂蜜は？」

「あー……そういえば出なかったね」

ルルイエのお目当ては、ボスがドロップする美味しい蜂蜜。しかしドロップ率は100％ではないので、今回は残念だった……ということになる。

「蜂蜜……」

しょぼんとしてしまったルルイエを見て、私は慌ててフォローを入れる。

「大丈夫、蜂蜜が出るまでボスを倒しに来ればいいんだよ!!」

「――っ!!」

私の提案を聞いたルルイエは、すぐに目を輝かせた。現実世界になった今、ゲームと同じ復活時間とは限らないけれど……周回自体はできるはずだ。

「頑張る」

ルルイエがぐっと気合を入れて拳を握ったので、私は手伝ってあげようとそっと心に誓った。すると、「いい感じかも～！」という走っているリーナの声が聞こえてきた。

「確かに腕を振るタイミングで羽もスムーズに動く――って、わああぁぁっ！」

「「「――飛んだ!?」」」

「そう、この装備は空を飛べるの！　といっても蝶々の羽だからあまり高くは飛べないし、スピードもゆっくりなんだけどね。戦闘で使えるほどの実用性はないけど、趣味で空中散歩するくらいならできるよ」

――と私が説明をしてみたものの、みんな飛んでいるリーナに夢中で聞いてはいなかった。

「まあ、この光景を見たら仕方ないか」

私がそう思って笑うと、フレイが「私も！」と手を挙げる。それに続いて、私とルルイエとリロイ以外が自分もと手を挙げた。みんな空を飛びたくて仕方がないらしい。

飛ぶのに少し慣れてきたらしいリーナは、空中を旋回してから地上に戻ってきた。すぐに使いこなせたのは、リーナのセンスあってこそだろう。

「次は私だ!!」

フレイが目を輝かせてリーナの元へ行ったが、私にはどうしても気がかりなことがあった。

「……スカートだから、丸見えになっちゃうよ？」

「「「――っ!!」」」

私の言葉に、女性陣がハッとした。リーナとルーナはキュロットなので問題はないけれど、あとのみんなは私含めてスカートタイプだ。

……まあ、帰ってから着替えて使えばなんの問題もないんだけどね。

「リーナ、服を貸してくれ……！」

「いやいやいや、こんなダンジョンで服の交換なんて無理だよ!?　シャロンの屋敷に帰ってから着替えて飛んでみればいいじゃない！」

正論すぎた。

「ここに長居しても仕方ないから、急いで帰ろう。料理長のご馳走《ちそう》も待ってるんだし」

私もリーナに乗るかたちで帰ることを提案すると、ウズウズしている様子を見せつつも、フレイは「早く帰ろう！　今すぐに！」と納得してくれた。

女神フローディアのダンジョン

「ということで、〈聖女の試練〉に挑戦します!!」

わー、パチパチパチ!!

ついに、ついにこの日がやってきましたー！　〈花畑の迷路〉を攻略し、そのあとも少しレベル上げしつつ連携を確認し、みんなが新しく取得したスキルの使い方をしっかり覚え……いやあ、充実した毎日だったね。

私の部屋に一二人全員が集合しているのでちょっと狭く感じるけれど、今から仲間でやるぞ！　という熱はとても感じられる。

「強敵がいるというのは、ワクワクして仕方がないな。しかも、最高の仲間と挑むことができる！　どんなことが待ち受けているのか……！」

「シャロンとの地獄のレベリングでレベルアップした私たちに、敵なんかいないわよ！」

「ええ。今なら負ける気がしないわね……」

フレイの闘志がバチバチに燃えている。ルーナとリーナは若干の疲れの色も浮かんでいるが、タルトが〈元気一〇〇〇倍ポーション〉も用意してくれるから三時間はフルで頑張れるよ！

ただ、三時間は頑張れるけれどその後はヘトヘトになってしまうので、使うとしてもボス戦の前……っていうところかな？　アイテムを使うタイミング、とても大事。

私はみんなを見回して、「準備はいい？」と声をかける。

「回復アイテムはもちろん、食料品や野宿用品、あとはおやつ？　そんな長期間にはならないと思うけど、数日は補充しなくても大丈夫な蓄えがほしいよ」

「しっかり準備してきましたから、問題ありませんよ」

「リロイの準備はすごいのです……」

リロイが「いろいろ揃《そろ》えました」と微笑《ほほえ》んでいるが、ティティアの反応を見る限りやりすぎている節もあるかもしれない。

……とはいえ、〈簡易倉庫〉なんてやりすぎくらいがちょうどいいもんね。

時間とお金が許すならば、使うアイテムは上限まで詰め込んでおきたいくらいだ。ただ購入するにしても大量だと手間だし、この世界ではお店の在庫も気にしなければいけない。

……ゲームだったら在庫なんてまったく気にしなくてもよかったのにねぇ。

「——さて！　ギルドでパーティ登録もしたし、みんなのレベルもなんとか±15圏内に収まった。うん、バッチリだね」

「はいですにゃ！」

「それじゃあ……行こうか！」

「「「応!!」」」

「にゃっ！」

みんなの返事を聞き、私は鍵を取り出して部屋のドアに使う。すぐにウィンドウが現れた。最初に見たウィンドウと同じだけれど、私だけではなく、パーティを組んでいるみんなにも見えている。

> 聖女の試練（インスタンスダンジョン）
> 人数制限：12
> 世界のために祈り、聖女であることを誇りなさい。
> 仲間と共に女神フローディアに挑み、あなたは新たな強さを手に入れる。

ウィンドウを見たフレイは、ぞくぞくしたような表情で自分の拳を手のひらで打った。

「……なるほど、これが挑戦するダンジョンか。腕が鳴るな。攻略すれば私たちの経験になるだけじゃなく、シャロンが新しい力を手に入れられる。最高だ！」

燃えたぎるフレイの横では、ケントがものすごく緊張している。その隣にいるルーディットは血気盛んで、いつも通りの通常運転だ。

「本当に女神フローディアって書いてあるな……。はあああ、緊張する」

「シャルが〈聖女〉たあ、兄として誇らしいぜ。何が来ても俺が守ってやるし、どんな敵だって切り裂いてやる」

「このドアの先に進むと、そこはもうダンジョンだよ」

私はそう言いながら、みんなに支援をかけていく。スタート地点が安全だとは限らないので、試練に入る前に支援をかけておくのは基本だ。すぐにリロイとミオも支援をかけ始めてくれる。

「オーケー、覚悟を決めた。頑張るよ」

「フローディアには負けない」

「気合を入れなきゃいけないわね」

「絶対に攻略しようね……！」

「まさか、女神フローディアと戦うなんて……」

「手ごわい相手だと思いますが、お師匠さまの方が強いですにゃ！」

「わたしは〈教皇〉として、女神フローディアの行いを許すわけにはいきません」

「私はティティア様をこの命に代えてもお守りするだけです」

リーナ、ルルイエ、ルーナ、ココア、ミオ、タルト、ティティア、リロイがそれぞれ決意を口にしたのを確認する。

「――よし、行こう！」

　支援をかけ終わったのを確認し、私たちは〈聖女の試練〉へ足を踏み入れた。

　試練の内部は、クリスタルで作られていた。キラキラ輝く世界は、まさに〈聖女〉に相応《ふさわ》しいとでもいわんばかりだ。

　神殿のような造りになっていて、聖域という言葉が当てはまるだろうか。タイル張りの床から生えたようにそびえ立つ大きなクリスタルは人の背丈ほどの高さがあり、オーロラ色に輝いている。

しかしよくよく見ると、その中に小さなモンスターがいることがわかる。まだ成長しきっていない、モンスターの子供のようだ。

　クリスタルの周囲には、様々な植物が生えている。色とりどりで綺麗《きれい》だけれど、ときおり食虫植物のモンスターが交ざっているので油断したらパクリと食べられてしまいそうだ。〈花畑の迷路〉にいた〈人食い花〉と同じだけれど、それより美しさと、嫌な感じが際立っているので……かなりレベルが高いモンスターなのだろうと思う。

　先頭に立ったケントは、内部を見回して息をついた。しかし手は常に剣の柄《つか》に触れていて、警戒していることがわかる。

「なんつーか、綺麗だけど怖いところだな……」

「襲ってくるほど近くにはいないけど、少し先にいるモンスターはここから感じる気配だけでも強敵だってわかるわよ。本当にこのダンジョン、攻略できるの……？」

　ケントとリーナの言葉はもっともだ。私だって、同じことを思っている。ゲームなら何度死んだって平気だけど、今は現実。なにがなんでも生き残って、ここをクリアしなければならない。死んだらそこで終わりなのだから。

「私も初めて来たから、正直、予想が難しい。……制限時間がなかったことだけが救いかな？　慎重に、少しずつ攻略していこう。一度倒したモンスターがもう一度湧くことはないはずだから、一匹ずつおびき寄せて確実に倒すよ」

　基本的に、ＩＤ《アイディー》はクエスト色が強いダンジョンだ。そのため、何匹もモンスターを倒したい通常の狩場には向かないのだ。

目的としては、クエストの達成や、レアなドロップアイテムを持つモンスターの討伐、といった理由が挙げられることが多い。

「はいですにゃ。ゆっくり進みましょうにゃ！」

私が簡単に説明すると、タルトがふんすとやる気を見せてくれたので、みんなも負けていられないとばかりに頷《うなず》いた。


「うわぁあっ！」

「〈絶対回復〉！　ケント、大丈夫!?」

「あとは任せろ!!　〈挑発〉!!」

吹っ飛んできたケントを私が回復するのと同時に、ルーディットが前へ出てスキルを使う。対峙《たいじ》するモンスターは一体、〈堕天使〉という敵だ。

美貌ではあるけれど、その背中からは黒い翼が生えている。手には枷《かせ》がはめられていて、魔法は使えないようだ。しかし物理攻撃の力がすごく、殴られたケントが吹っ飛んだ。『キャハハハハ！』と笑う高い声は耳にキンキン響き、正直に言って不快だ。

……せめてもの救いは、相手が一体だけっていうことだね。

まだこのダンジョンに入って間もないのに、大量の〈堕天使〉が出てきたらたまったものではない。もう少し場数を踏んで、〈堕天使〉の倒し方を把握しなければ。

「物理攻撃と魔法攻撃、どっちの方が効くか確認したいからまずは物理攻撃だけでお願い！」

「任せておけ！」

私の言葉に即座に反応したのは、フレイだ。剣を振り上げたので、すぐに〈必殺の光〉をかける。

これなら、かなりのダメージを与えられるはずだ。

「いくぞ！　〈勇者の一撃〉！」

『キャアアァァッ！』

フレイが振り下ろした剣は、絶対急所に命中する〈勇者の一撃〉を使ったものだった。つまるところ、クリティカルヒット。その威力が私のスキルのおかげで三倍になっているということだ。

攻撃が直撃した〈堕天使〉は、光の粒子になって消えた。

「攻撃力はかなり高かったけど、防御はいまいちだったみたいだね。思ってたよりすんなり倒せてよかった」

「とはいえ、一撃でケントにあれだけダメージを与えたんだ。油断できないぞ」

フレイが剣を鞘《さや》に納めながら告げると、ケントが「衝撃がえぐいな」と言いながら戻ってきた。

私が回復したからダメージはないけれど、吹っ飛んだことが地味にショックだったような顔をしている。

「くっそ～、どうにかしてもっと踏ん張らねぇと。前衛が離脱なんて、洒落《しゃれ》になんねぇ」

「俺もいるとはいえ、絶対に毎回カバーできるわけじゃねぇからな……」

ケントとルーディットが、二人揃ってうーん……と悩んでいる。戦闘の立ち回りを考えるのはとても大事なことなので、ぜひ二人で最適解を出してほしいところだ。

クリスタルの回廊を進んでいくと、前方に広場のような場所が見えた。休憩するのにちょうどよさそうなスペースだ。

……でも、ＩＤのこういう場所って何かありそうだよね。

嫌な予感がひしひしするので、私は「ストップ！」と声をかける。

「どうしたんだ？　シャル」

「お兄様、あの広場……厄介かもしれないです。強いモンスターか、もしくは数が多いか……」

「なるほど」

私の言葉にルーディットが頷くと、みんなも警戒度を上げた。何体か〈堕天使〉を倒しているので、ここのモンスターが強いことは嫌でも理解している。

「じゃあ、入り口の手前で〈挑発〉を使って一体ずつモンスターを引っ張ってくるのはどうだ？それなら、確実に倒せると思う」

「うん、その作戦でいこう」

「任せとけ！」

ケントが提案してくれたので、私はそれに頷いた。これはよく使われる手法で、主に格上のモンスターを倒すときにやることが多い。複数体は厳しくとも、一体であればなんとか倒すことができるのだ。

私は〈遠見の眼鏡〉を取り出してかける。これは眼鏡タイプの魔導具で、いわゆる望遠鏡のようなアイテムだ。

……さてと、どんなモンスターがいるかな？

広場になっているところには、複数の〈堕天使〉がいる。そしてその中心には、〈堕落した王〉という醜悪なモンスターがいた。体はでっぷり太っていて、着ている服は布を巻きつけただけのようにも見える。

「「…………」」

〈遠見の眼鏡〉はみんな購入していたので、各々広場の様子を見て絶句していた。わかるよ、あんな相手と戦いたくないよね。

「…………まあ、やるっきゃないよな。一本道だったし、あそこを通らないと駄目だし……」

「頑張って、ケント！　私も、なるべく早く倒せるように頑張るから……!!」

「ああ、わかってる」

ちょっと気がめいっていたケントをココアが応援すると、すぐにキリッとしてやる気に満ち溢《あふ》れたようだ。

「〈守護の光〉〈聖女の加護〉〈月の光〉〈星の光〉……よし、オッケ！」

「いくぜ！　〈挑発〉!!」

ケントは広場の入り口から一〇メートルは離れたところからスキルを使う。どの程度の近さになればモンスターが〈挑発〉にかかるかは、モンスターによって違いがある。そのため、遠くから始めて少しずつ近づいていくのだ。

「……駄目そうだ。もう少し近づいてみる」

「お願い」

ふーっと呼吸を落ち着かせてから、ケントはゆっくり一歩ずつ近づいて〈挑発〉を使っていく。

……もしかしたら、広場からは出てこない設定になってるのかもしれない。

そうだった場合、複数の〈堕天使〉と中ボスっぽい〈堕落した王〉を同時に相手にしないといけないので、結構きつい。

私がそんなことを考えていたら、広場まであと三メートルというところで〈堕天使〉が一体ケントへ向かってきた。

「っしゃ！　釣れたぞ！」

「あとは任せろ。〈勇者の一撃〉!!」

事前に私が〈必殺の光〉をかけておいたので、〈堕天使〉はフレイの一撃で光の粒子になって消える。ドロップアイテムはなかった。

フレイはマナポーションを飲みながら、「いけそうだな！」と笑顔を見せる。

「ケント、どんどん釣ってきてくれ！」

「おう！　〈挑発〉!!」

ケントがノリノリでスキルを使い、二体目の〈堕天使〉を釣ってきた。それもフレイが一撃で倒す。こちらが攻撃されることはほぼなくて、とても安全――フルボッコだ。

「私たちの出番がないわね。ね、ココア」

「あはは……。〈堕天使〉は魔法耐性が高いから、あんまり役に立てないですね」

ルーナがやれやれと肩をすくめると、ココアも苦笑する。〈堕天使〉は物理攻撃の方が有効なので、フレイがめちゃくちゃ無双しているのだ。

それから何度か〈堕天使〉を釣り、ラスト一体を倒すことができた。

「うっしゃ！　あとは本命――〈堕落した王〉だけだな」

ケントは緊張しつつも、武者震いしながら嬉《うれ》しそうに告げた。それにフレイが乗り気で返事をし、広場を見る。

「よし、シャロン。支援のかけ直しを――何っ!?」

「〈守護の光〉――どうしたの、フレイ。……あ」

……やっぱりそうだったか～。

私は苦笑だけに留《とど》めたが、ほかのみんなはそうはいかない。驚愕《きょうがく》に目を見開いて、「どういうこと!?」と口にしている。

何が起こったかといえば――〈堕天使〉が復活したのだ。

「あの〈堕天使〉は、〈堕落した王〉の取り巻きモンスターだったんだろうね。ドロップもなかったし、たぶん経験値も入ってないと思うよ。本体――〈堕落した王〉を倒さない限り、無限に復活すると思う」

「そんなっ!!」

私の言葉に一番反応したのは、ココアだ。自分の魔法ではあまりダメージを与えられないのに、それが無限に復活するとあってはたまったものではない。

「えええ、あんなのどうすりゃいいんだよ……」

「俺が〈挑発〉を使ってもいいが、さすがに〈堕天使〉五体はきっついな」

困惑するケントに、ルーディットもどうしたもんかとお手上げのようだ。一応、こういうときのよくある攻略法はあるっちゃあるんだけど……。

「とりあえず、入り口から離れたこの場所は安全そうだからちょっと休憩にしようか」

こういうときは、美味《おい》しいものを食べて元気を回復するのが一番いい。私がそう宣言すると、あまりにも予想外だったからか、みんなが笑った。

「それは名案。ブルーム中の美味しそうなものを買っておいた」

私の提案に一番に乗ってきたのは、もちろん食いしん坊のルルイエだ。どうやらブルームでいろいろ買い物をしたらしく、食べたいものがたくさんあるらしい。

……いったいどんな美味しいものが出てくるんだろう?

ルルイエが用意しているらしい食べ物が気になって、私はワクワクしながらその手元を見つめる。

するとルルイエは、可愛《かわい》らしい丸型のクッキー缶を取り出した。

「そっ、それは! 三時間は並ばないと買えないクッキー缶!!」

私が何か言う前に、リーナが声をあげた。

「そう。ここのクッキーはとても美味しい」

「うわ、うわ、うわぁ……！　食べたかったけど、鍛錬と転職で買いに行く時間がなくて泣く泣くあきらめてたのに……！」

悔しそうなリーナに、ルルイエはドヤ顔だ。しかしその表情は一瞬で慈愛に包まれ、「みんなの分もある」とさらに一一個のクッキー缶を取り出した。

「美味しいものは、みんなで食べたらもっと美味しい」

「わあ、わああぁぁ！　ありがとうルル！」

「どういたしまして」

ルルイエはみんなにクッキー缶を配っていく。私も一つもらった。

「ありがとう、ルル」

「早く食べよう」

「うん」

もらったクッキー缶は、花の絵が描かれていた。水色ベースの缶に、ピンクの花と小さな白い花が咲いている。蓋《ふた》を開けると、数種類のクッキーが詰まっていた。シンプルな丸型のクッキーに、中心にジャムの入ったクッキー。チョコレートを使った四角い形のクッキーと、茶葉が入ったものもある。

「わあ、いい匂い。すごく美味しそう」

せっかくだから、紅茶も用意してティータイムにするのはどうだろうか？　と思いつく。私は

〈鞄《かばん》〉と〈簡易倉庫〉から薪《まき》を取り出し火をつけ、やかんでお湯を沸かして紅茶を淹《い》れてみた。

「さすがはシャロン、わかってる！」

ルルイエが目をキラキラさせながら、全員分のティーカップを用意し始めた。ルルイエこそよくわかっていらっしゃる。

そんな私とルルイエのことを、ミオがぽかんとした表情で見ている。

「未知のダンジョンでモンスターも強いのに、紅茶を飲みながらクッキーを食べる余裕……すごすぎます」

「緊張ばっかりだと疲れちゃうから」

驚いているミオに、私は気楽に返事をする。こういう場所では、休めるときに休むというのが、結構大事だったりするのだ。

「ほら、みんなの分も淹れたからゆっくりティータイムにしよ！」

そう言って、私とルルイエは全員に紅茶を配ってティーパーティーを始めるのだった。

クッキーを口に含むと、サクッと軽やかな音が響く。しっとりしていて、バターの香りにうっとりしてしまう。そして一緒に飲む紅茶はストレートでいただけば、クッキーの甘さを引き立ててくれる。

「ん～～、美味しい。三時間も並ばないと買えないのも納得の品だね」

「美味しい」

私が声をあげると、ルルイエが満足そうに微笑んでいる。あの様子だと、近いうちにまた買いに行くに違いない。

「一缶なんて多いと思いましたが、全部食べてしまいそうです」

「ティティア様、紅茶用にミルクも用意してございますよ」

「ありがとう、リロイ」

小さな口でもぐもぐ食べているのはティティアで、横ではリロイが甲斐甲斐《かいがい》しくお世話をしている。

……うん、いつもの光景だね。

そんなちょっとほのぼのした光景のなかで、ケントが大口を開けてあっという間にクッキーを完食している。それを紅茶で一気に流し込んで、私の前にやってきた。

「シャロン、休憩もいいけど……いいんだけど、あれをどう攻略するつもりなんだ!?」

「ケント……」

どうやらモンスターが気になりすぎて、ゆっくりしていられないようだ。ちらりと広場の方を見ると、〈堕天使〉と〈堕落した王〉がうろうろしている。

「それじゃあ、食べながらになるけど――あいつを倒すための作戦会議をしようか」

私がそう言うと、ケントをはじめ、全員が真剣な顔で頷いた。

「〈必殺の光〉〈守護の光〉〈聖女の加護〉〈月の光〉〈星の光〉……」

「〈呪・体力転換《チェンジ》〉！」

私とミオ、それからリロイが支援をかける。今回同時に相手をすべきなのは、広場にいる〈堕天使〉五体と〈堕落した王〉の合計六体だ。

軽く深呼吸をして、ケントがダッと床を蹴って走り出す。そしてその後にピッタリついていくのはルーディットとフレイだ。

「──いくぞ！〈挑発〉!!」

「〈嘆きの竜の一撃《ドラゴンランス》〉!!　──からの〈挑発〉!!」

「〈勇者の一撃〉!!」

まずはケントがすべてのヘイトを買って出る。ルーディットは〈堕落した王〉に一撃を食らわせ、そのまま自身を攻撃のターゲットにさせる。フレイは〈堕天使〉の一体を倒した。

「〈必殺の光〉！」

「〈女神の守護〉！」

──ここからは一気にいくよ！

私はすぐさまフレイにスキルをかけ、リロイは防御を担当する。〈堕天使〉四体に攻撃されているので、それからケントを守らなければいけない。

「あああああっ、〈勇者の一撃〉！」

「〈必殺の光〉」

「〈勇者の一撃〉!!」

「〈必殺の光〉〈月の光〉〈星の光〉〈虹色の癒《いや》し〉」

「――〈勇者の一撃〉!!」

四体目の〈堕天使〉を倒すためのスキルを使い、その後は支援に回る。フレイはポーションでマナを回復させながら、なんとか〈堕天使〉四体を倒してくれた。

「うしっ！　ルーディット様、交代です！」

「おお！　任せたぞ、ケント」

「任されました――〈挑発〉！　〈輝きの追撃《チェイスラッシュ》〉」

すぐにケントが声をあげ、ルーディットもそれに応える。ルーディットが相手をしていたボスをケントが攻撃し、抱え込んだ。そしてルーディットはケントが抱えていた〈堕天使〉の残り一体を〈挑発〉で引き受けた。

……ケントの方が防御系のスキルを取ってるから、ボスを抱えるのはケントがいい。

そして〈堕天使〉は五体すべて倒すと復活するので、一体だけ倒さずに残しておく状態が一番こちらの負担が少ないのだ。

「〈堕天使〉に攻撃を当てないようにして、ボスを倒すよ！」

「はいですにゃ！　〈ポーション投げ〉にゃっ！」

「〈無慈悲なる裁き〉」

「〈深淵より深き闇《ダークプレス》〉」

『グアアァッ！』

タルト、ティティア、ルルイエが一気に攻撃を撃ち込んだ。しっかりダメージが通っていることを確認し、私はほっと胸を撫《な》で下ろす。

「よーし、このまま一気に畳みかけるよ！」

私がそう叫ぶと、ココアとルーナが「任せて！」とスキルを撃ち込んでいく。〈堕天使〉戦ではほとんど役に立てなかったので、張り切っているみたいだ。

「〈紡げ煌《きら》めけ千の刃《やいば》を私の敵へ♪〉、いっけぇ！」

「凍《い》てついて咲け、〈氷の薔薇《アイスローズ》〉！」

『グガアァァッ!!』

「効いてる！　いけるぞ！」

ココアとルーナが魔法を使ったあと、ケントの声が響く。戦況は私たちにとって良し、このまま倒すことができそうだ。

……よーし、私も頑張って支援するぞ！

「〈絶対回復〉！　それから〈月の光〉に〈必殺の光〉！」

「あと少し――何っ!?」

私が支援をかけていると、ケントがボスの異常に気づいた。ぱっと見ではわからないが、ボスの体が小刻みに揺れているようだ。足元からは赤いオーラが出ていて、攻撃力か何かが上昇しているのだろうということが一目でわかる。

……いったいどんな攻撃がくる？

かなりダメージを与えているから、おそらく相手は瀕死《ひんし》！　そう考えると、最後の力を振り絞ってパワーが上がったと考えるのがいいだろう。もしくは、全体攻撃か強力な一撃がくるという可能性もある。

『ウアアァア、我は王なるゾ!!』

ボスが吠《ほ》えた。そして太い右腕を大きく振り上げると、血管が膨れ上がったかのようにその色が赤黒くなっていく。拳に力が集まっていることがわかる。パチパチと音を立て、火花が散っている。

――ケントでも、あれを食らったらやばい!!

私は慌てて〈守護の光〉を使う。これで多少の攻撃は防げるはずだけど――そう思っていたら、ボスは雄叫《おたけ》びとともに左腕も上げて咆《ほ》えた。

「まさか、両手で攻撃する気!?」

『アハハハハ!!　王に逆らう愚か者には死あるのみだあぁぁァアア！』

その叫び声と同時に、左右の腕が順番に振り下ろされた。ドドドドドドドドと激しい効果音を伴うほどの連撃で、スキルでバリアを張っても張り直す前に攻撃されてしまうほどの速さだ。

「ケントっ!!」

ココアの叫び声も、攻撃の音にかき消されてしまった。

「〈絶対回復〉〈守護の光〉――ケント!!」

無事を願って名前を呼ぶと、へへっという笑い声が聞こえてきた。ケントの声だ。

「俺だって、伊達《だて》にシャロンのスパルタ狩りを受けてたわけじゃないからな！　これくらい、余裕だぜ!!」

「よかった、〈不動の支配者〉を発動できてた」

私はほっと胸を撫で下ろす。〈不動の支配者〉とは、一定の間、自分に向けられた攻撃を無効にできる防御系のスキルだ。この間、ケントはどんな攻撃にも傷つくことはない。

「今のうちにとどめを刺すよ！」

「任せろ！　〈勇者の一撃〉!!」

「〈無慈悲なる裁き〉!!」

フレイとティティアの攻撃がとどめになり、ボスは光の粒子になって消えた。残しておいた取り巻きの〈堕天使〉も、ボスと同じタイミングで光の粒子になって消えた。ボスを倒すと一緒に消滅する仕組みになっていたようだ。

「ふー、ちょっとハラハラしたけど、思ったより強敵じゃなくてよかったね」

私がそう言ってみんなを見ると、ありえないとばかりに首を振られた――。


「偵察完了！」

私たちが食事の準備をしていると、斥候に行っていたリーナが戻ってきた。

「ありがとう！　どうだった？」

「この先は通路が左右二手に分かれてるんだけど、窓から外を見た感じ同じ場所に出そうだったよ。特に特殊装飾なんかもなかったから、たぶん出現モンスターにもそう差はないと思う」

「了解！」

このクリスタルでできたダンジョンは、どうやらあまり広くないみたいだ。

〈堕落した王〉がいた広場を抜けた先からは、回廊に窓がついていて外を見ることができた。外といっても地上というわけではなくて、亜空間のような風景が見えるようになっている。

……攻略は、そんなに時間がかからないかもしれないね。


私たちは食事休憩をして、再び出発した。

右側の通路を歩いていき奥へ進んでいくと、さらに開けた場所に出た。特にボスはいないようだけれど、通常モンスターの数がそこそこ多い。今まで出てきたのは、〈堕天使〉〈女神のガーディアン〉〈夢見心地の天使〉〈悪戯《いたずら》ネズミ〉〈巣くう煤《すす》汚れ〉だ。どの相手も強敵だった。ネズミと汚れは比較的弱かったけれど、その分、数が多く初見時は対処が大変だった。

「前からネズミが一〇匹だ！」

「私の魔法で一気に凍らせるわよ！　〈絶対零度の吹雪《ブリザード》〉!!」

ルーナが魔法を使うと、ネズミたちがわずかに動きを止める。そこにさらに全体攻撃を二発ほど叩《たた》き込むと、倒すことができる。

「よし！　これで先に――――！」

あっという間にモンスターを倒し、ケントが前を向き、しかしその動きを止めた。

「……女神、フローディアだ……」

「「「――――っ!!」」」


――女神フローディア。

この世界の光魔法の頂点に立つ存在で、癒し手からなる派生職を守護している女神だ。そのため転職時には女神フローディア像に祈りを捧《ささ》げるし、大聖堂でも女神フローディアを称《たた》えている。

そんな女神だけれど――自分本位で動き、私たち人間からすれば悪と言わざるを得ない行動がほとんどの女神だった。

白のドレスを身にまとい、足元まで長いストレートの美しい金の髪。慈愛に満ちた表情は綺麗だけれどどこか怖さも感じさせる。背中から生えた純白の翼は、その存在感を場に知らしめているかのようだ。


私は無意識のうちに、杖《つえ》を握る手に力を込める。

……きっと今回の戦いは、今までのどの戦闘より大変なものになる。私にはそんな気がしてならなかった。

「短時間で倒せればいいけど、どうかな……」

「ここが正念場だろ？　戦いの最中に音《ね》をあげたりしねぇよ」

「お兄様……」

わずかに不安な言葉を漏らしたら、ルーディットがニッと笑って私の頭をぽんと撫でた。たったそれだけで、私の中に安堵《あんど》が生まれる。

……強い仲間がいるって、心強い。

「よし、フルーツを食べて最終決戦に挑もう！」

「ああ」

「頑張ろう！」

「はいですにゃ！」

「はい！」

「そうですね」

私が〈カットフルーツソーダ〉を取り出すと、ケント、ココア、タルト、ティティア、リロイも同じように取り出した。が、「ちょっと待て」とストップを入れてきたのはルーディットだ。その後ろでは、ルルイエ、フレイ、ルーナ、リーナ、ミオも同じように頷いている。

「あ、そうか。お兄様たちは持ってないですもんね。私が何個か持ってるので、みんな食べてください。美味しいですよ」

「おお、サンキュ」

〈カットフルーツソーダ〉を取り出して、ルーディットたちに配る。この食べ物は、〈最果ての村エデン〉の露店で買ったものだ。なんと、食べると食後三〇分間、マナの総量が一・五倍になるというすぐれものだ。

食べつつ〈月の光〉を使い、マナの回復も忘れない。

フレイが「美味《うま》いな！」とニコニコ顔でフルーツを食べている。そのまま「どこで買えるんだ？」「今度連れてってくれ！」と目を輝かせている。

「美味しいのにマナが増えるなんて、最高じゃないか……！」

「これはエデンに売ってるんだけど……道のりが地味に過酷なんだよね」

熱く暑い火山を通っていかなければいけないので、結構辛《つら》いのだ。ただまた行きたいとは思っているので、タイミングが合えばとだけ返しておく。

……他にも行きたい場所はまだまだたくさんあるからね！

「つと、みんな食べ終わった？　フルーツの効果は三〇分で切れちゃうから、大丈夫そうなら行こう！」

私がみんなを見ながら告げると、すぐに頷いてくれた。全員準備はバッチリのようだ。

ケントが「うしっ！」と気を引き締める。それに続いてみんなも「よしっ！」と声を出していたので、私も声をあげる。

「行くよ！　試練クリアだ！」

「「「応!!」」」

「にゃっ！」

先ほどの広場よりも広い場所の中心に、〈女神フローディア〉は立っていた。穏やかな表情でこっちを見て、微笑を浮かべている。

その姿に思わず冷や汗が流れるけれど、負けるわけにはいかない。気合を入れたばかりだ。自分を鼓舞して前へ進め。

「〈挑発〉!!」

「〈呪・体力低下〉!!」

ケントがフローディアの気を引くのと同時に、ミオが体力の下がるスキルを使う。弱体化させることができたらその分、こちらの有利になる。

『女神たるわたくしに逆らおうというのですか、愚か者が!』

フローディアはそう叫ぶと、魔法の槍《やり》を出現させて攻撃してきた。その威力はすさまじいもので、床が割れている。

……直撃したらたまったもんじゃないね。

私は集中して、フローディアの様子を観察する。瞬《まばた》き一回すら、目を離したらいけない——そう思わせるほどの強敵だ。

全員が一斉に攻撃をし、ミオは補助を行う。私とリロイはといえば、無数に飛んでくるフローディアの魔法攻撃からの回復と防御のかけ直しがメインになっている。

範囲回復があるからある程度は楽だけど、強化系《バフ》の支援も使いたい。しかし回復量だけを見ると、リロイよりも私の方が上だ。回復のメインは私で、リロイが補助を担当している。

「いくぞ、〈勇者の一撃〉!!」

『そのような攻撃が効くと思ってか！』

「何!?」

フレイの攻撃を、フローディアがバリアを張って防いだ。

「嘘《うそ》、あの一撃を完璧に防ぐの!?」

ありえない！　と、叫びたくなる。

「わたしだって……〈ポーション投げ〉にゃっ！」

『うぐっ！』

「今度は効きましたにゃ！」

フレイに続いてタルトが攻撃すると、見事命中した。バリアは連続で使うことはできなくて、一定時間が経《た》たなければ再度使えないようだ。

……思ったより、希望はあるかな？

「〈必殺の光〉！　よーし、ガンガンいくよ！」

「みんな、頼むぞ！　〈挑発〉!!」

ケントが〈挑発〉をかけ直したのを合図にして、みんなが一斉に攻撃をする。湯水のように回復薬を使い、自分を限界まで追い詰めるようにスキルを使う。

「……っふう。〈守護の光〉！　フローディアと聞いたときはどうなるかと思いましたが、なんとかなりそうですね」

横に来たリロイに、私は頷く。

〈聖女〉のためのダンジョンだったから、いったいどれほどの難易度だろうと不安があった。けれど、レベルを上げて連携を取れる私たちには、そこまで大変ではなかったようだ。

「とはいえ、まだまだ油断はできないですよ。戦闘が進むにつれて、敵が強さを増すなんてことも多いですから」

「なるほど――えっ!?」

「なっ!?」

リロイが私の言葉に頷こうとした瞬間、フローディアがキラキラする白い光に包まれた。私は思わず息を呑《の》みそうになるのをこらえて、急いで支援をかけ直す。

――ヤバい攻撃がきそう!!

そう思った瞬間、ケントの「伏せろ!!」という声が響く。それを聞いた私たちは、何かを考える前に体が動いた。そして伏せるのと同時にものすごい衝撃波が来る。踏ん張ってはみるが、数センチ後ろへ押された。

……なんて強さ！　最初は様子見でもしてたわけ!?

私が顔を上げると、ケントが攻撃の直撃を受けていた。どうやら、咄嗟《とっさ》に横にいたフレイを庇《かば》ったみたいだ。

「〈絶対回復〉！　〈守護の光〉〈聖女の加護〉!!」

大ダメージを受けたケントに回復スキルをかけ、私はどうするか頭の中で考える。グルグル回る思考は、今までにないほどフル回転している。

目の前にいるフローディアはまだまだ余裕の笑みを浮かべていて、倒すまでにはかなり時間がかかりそうだ。クスクス笑い、『わたくしの血肉となれることを光栄に思いなさい』なんて恐ろしいことを言ってくる。

『さあ、跪《ひざまず》きなさい』

「――!?　また全体攻撃……伏せて!!」

私が声を荒らげるのと同時に、全員が姿勢を低くする。もうこの攻撃を受けるほどアホではない。私の上を強い風圧が通り過ぎた。

……とはいえ、このままでは勝てる見込みは薄い。

さてどうすると考え続けた結果、私の中に一つだけこの状況を打破できるかもしれない可能性があることに気づく。が、それを使うことは憚《はばか》られるというかなんというか。う〜んと悩んでいると、フローディアが勢いよく杖を振った。

「〈挑発〉！」

「〈女神の守護〉！」

「〈無慈悲なる裁き〉！」

ケントが攻撃を受け、リロイが防御スキルを使う。その隙《すき》をついて、ティティアが強力な一撃を入れて……ナイス連携プレイ。しかしそう思ったのは一瞬で、ケントが勢いよく吹っ飛ばされ、次にティティアが狙われたのを庇ってリロイが吹っ飛んだ。

「……っ、くっ」

「リロイ！」

「大丈夫ですよ、まだ……。ですが、このまま続くのは辛《つら》いですね。〈元気一〇〇〇倍ポーション〉はまだ飲んでいませんが、恐らく相手より私たちの限界が先にくるでしょう」

ハッキリ告げられたリロイの言葉に、私は苦虫を噛み潰《つぶ》したような顔をすることしかできない。

仕方がない。これは腹をくくるしかないのだろう。

私はゆっくり深呼吸をして、一歩前に出る。

「シャル!?　そんなに前に出るな!!」

「大丈夫」

ルーディットに笑顔を見せて、私はフローディアをまっすぐ見つめる。今から使うスキルが吉と出るか凶と出るか——。


「——いくよ、〈聖女の祈り〉」

私は高らかに叫び、祈りのポーズを取る。すると、私の頭上がぱあっと輝いた。どこからともなくメロディが流れ、オーロラが浮かぶ。その隙間から現れたのは——以前私の前に姿を見せた天使だった。

これは私が〈聖女〉になった際に得た職業《ジョブ》の固有スキル〈聖女の祈り〉だ。天使を召喚するという説明書きを見てから、嫌な予感がして一度も使っていなかった。

……もしかしたらすごいスキルで逆転できるかも、なんて思ったけど……現実は甘くなかったね。

「あらっ、わたしを召喚するなんていったい誰が……シャロンではないですか」

天使は露骨に嫌な顔をした。

「嫌な顔をしたいのは私なんですけど？」

「わたしを召喚したということは、シャロンが〈聖女〉になったんですね。まさか、フローディア様の贄《にえ》にならずに済んだなんて……。驚きしかないですね」

最初に私の前に現れたときの天使は猫かぶりをしていたけれど、本性がバレた今となっては、それもどうでもいいことらしい。

可愛くぶりぶりしつつ、さらりと毒を吐いてくる。

「嘘、天使様を召喚できるなんて……」

私のスキルを見たミオが、驚きに目を見開いている。そして祈りを捧げるポーズを取り、天使のことを崇《あが》めている。やはり〈癒し手〉から〈巫女《みこ》〉になっているだけあって、天使への信仰心は深いみたいだ。

天使はキョロキョロ周囲を見回して、「試練ですか」と呟いた。どうやら、ここがどういった場所かは理解しているようだ。そして次にフローディアを見て、眉を下げた。

……切り札とばかりにスキルを使ったけど、もしかしてもしかしなくても失敗だったかもしれな

い。

　天使はフローディアに仕えているのだから、いくら試練ボスとはいえフローディアを倒すことには抵抗があるだろう。私はそう思い、どうにかして次の一手を考えなければと再び頭をフル回転
――って、え？

「もしかして、このフローディア様を倒したら……わたしが女神になれるかもしれないですね」

「ちょ、天使ちゃん!?」

　まったく想像していなかった天使の言葉に、私はめちゃくちゃ驚いた。まさか自分が仕えている女神を倒して下剋上《げこくじょう》する天使なんて、いったい誰が想像するだろうか。

　……いや、堕天使とかそういう存在もあるから、そんなに珍しいことでもない？

　なんて考えてしまったが、この状況でさらにややこしいことになってしまった気がする。私たちはただボスのフローディアを倒したいだけであって、天使を女神にするためのクエストをしたいわけではないのだ。

　……いや、気にはなるけど！　今じゃないでしょ!!

「長らくフローディア様が女神でしたけど、そろそろわたしのような若くて可愛い天使に、その席を譲ってもいいと思うんですよ。そうは思いませんか？　シャロン。そうしたら、あなたはわたしに仕えてくれていいですよ。とても光栄でしょう？」

　ドヤ顔で話す天使には悪いけれど、フローディアも天使もどっちが女神でも嫌です。

「って、話してるうちにフローディアが攻撃態勢に入ってる！」

「仕方ないですねぇ。そうくるなら、今のわたしはシャロンに召喚された天使ちゃんですから……。〈天使の障壁《エンジェルシールド》〉！」

天使が手を前に出し、防御スキルを使う。すると一列に並んだ盾が現れた。盾には小さな天使の羽がぴょこりとついていて、可愛らしいフォルムだ。さすが自分を可愛いと言う天使は、スキルも可愛い。

〈女神フローディア〉が杖を掲げて雷を落としてきたが、天使の盾がそれをいとも簡単に防ぐ。

「え、天使ちゃん強っ!!」

「そうでしょう、もっと褒めていいですよ」

ドヤ顔でノリノリになった天使は、「わたしこそ女神に相応しいのですよ！」なんて言いながら自身の武器を振るう。薙刀《なぎなた》に似た形の聖なる槍だ。

そっと撫でるだけの仕草で、ぶおっと風が舞う。そして強い一撃がフローディアに命中し、奥の壁までその体を吹っ飛ばした。

「……っ、天使ちゃん強すぎるだろ」

回復したケントが息を呑みながら呟くと、「まだきますよ」と天使が告げる。

「わたしは超絶可愛くて強いですけれど、所詮《しょせん》はフローディア様の眷属《けんぞく》です。わたしの攻撃だけで、フローディア様を倒すことはできません」

だから私たちの力は必要不可欠なのだと言う。

天使は強気な発言こそあるが、実際にできることは防御などのフォローが中心のようだ。攻撃もできるが、ボスを数回で倒せるほどの強さはないのだろう。

……ただ、天使ちゃんは私のスキルだから……私のレベルや装備次第でもっと強くなれるのかもしれない。

私は大きく後ろに跳んで、視界を広くして戦況を確認する。

フローディアにやられた怪我《けが》は回復した。天使の防御のおかげで、比較的余裕が出てきたようだ。

これを機に、一気に攻撃を仕掛けるしかない。

「ミオ、フォローお願い!!　〈必殺の光〉〈必殺の光〉――」

「はい!　〈リジェネーション〉〈マナレーション〉〈女神の守護〉!!」

総攻撃のために、みんなに攻撃力三倍のスキルをかけていく。その分、ミオが通常の支援をかけてくれる。

すると、天使が翼を使って空中へ飛んだ。

「仕方ないですね。わたしが女神になるためですから……〈天使の祝福〉!」

天使がスキルを使うと、キラキラしたものが降り注いできた。力がみなぎってくるのがわかったので、強化《バフ》系のスキルだろう。

「うっし!　いくぜ、〈挑発〉!　〈不動の支配者〉!!」

ケントがしっかりフローディアのターゲットを取ったのを確認すると、全員が次々とスキルを撃ち込んでいく。

「〈勇者の一撃〉!!」

「〈嘆きの竜の一撃《ドラゴンランス》〉!!」
「〈ポーション投げ〉にゃっ！」
「〈無慈悲なる裁き〉！」
「〈深淵より深き闇《ダークブレス》〉」
「〈氷の薔薇《アイスローズ》〉！」
「〈会心の一撃〉!!」
「〈紡げ煌《きら》めけ千の刃《やいば》を私の敵へ♪〉」

繰り出されたスキルは、まるで光の渦のようだ。ゲーム時代にスキルのエフェクトの光で画面が見えなくなることはあったけど、まさか現実でもそれが起こるなんて。

無意識のうちに、息を呑む。

「〈必殺の光〉〈虹色の癒し〉〈聖女の加護〉――」

しかしまだフローディアを倒せたわけではない。私は引き続きスキルを使い、みんなの攻撃をサポートする。

しかしフローディアも反撃してくるので、防御と回復も気を抜けない。ミオとリロイがフォローしてくれているが、それだけでは間に合わない場面も出てくる。

……でも、あと少しで倒せるはず！

「はぁ、はぁ、はっ、シャロン、もう一度だ！」

「――っ、〈必殺の光〉!!」

フレイがポーション瓶を投げ捨てて叫んだので、私は反射的にスキルを使う。フレイは「これで終わりにできるはずだ!!」と叫んだ。

「フレイ、もしかして――」

「私の、〈勇者の直感〉が告げてるんだ！　このスキルを使うのは今だと!!」

ぐっと大地を蹴って、フレイが大きく跳んだ。その手に構えた剣は赤い光を発し、フレイの目にはギラギラした光が宿っている。

「くらえ、〈極限まで極めし剣《アルティメットブレイブ》〉!!」

『アアアアァァァアアァ、まさか……人間ごとき、に……!』

フローディアの叫びが聞こえる中、私は床を蹴って走る。ゆっくり倒れるフレイに手を伸ばして、どうにか受け止めた。

「〈絶対回復〉〈聖女の加護〉〈月の光〉〈星の光〉!!　フレイ、しっかりして！　意識はある!?」

「――っは、はぁ、はぁっ。し、死ぬかと思っ……うぅ……」

「フレイ！」

「シャル、どういうことだ!?」

私がスキルを使ったけれど、フレイは気を失ってしまった。フレイを抱えて立ち上が……れない私からフレイを抱き上げ、ルーディットが説明を求めてくる。ほかのみんなも、「フレイ！」と名前を呼んで走ってきた。

「フレイが使ったスキルは、体力をわずかに残して、自分の力すべてを出し切るようなスキルなんだよ。威力がすさまじかったでしょう？」

ゲーム的に言えば、マナをすべて使い、体力を1だけ残した全力攻撃……といったところだろうか。すべての生命力と引き換えでなくてよかった。

「確かにあれはすごかった。……今は、気絶してるのか？」

「はい。回復したし、顔色が悪いわけでもないですから……気絶というか、回復のために眠っている状態ですかね」

「なるほど。無事でよかった」

みんながほっとしたところで、「あれはなんですにゃ!?」と驚いたタルトの声が響いた。

タルトの声に振り向くと、そこはフローディアが立っていた場所だ。フローディアが光の粒子になって消える――そう思った瞬間、その粒子が一本の杖に形を変えた。

神秘的な杖は、幾重にも重なった布の装飾がなされていた。キラキラ輝く白い宝石、持ち手の部分はクリスタルでできているらしくオーロラのように光っている。

どうやらドロップアイテムではなく、倒した際にもらえる報酬のようだ。

「光からできるって、すごい杖ですにゃ……」

タルトがうっとりした様子で杖を見て言うと、ほかのみんなも同意して頷く。

「女神フローディアの、杖……」

私がゆっくり近づき、その杖を手に取ろうとしたら――「待ってください！」と声がかかった。

見ると、すぐ横に天使がいた。

「この杖を手にすれば、わたしが女神になれるかもしれません……！」

……そういえば、自分が女神になりたいって言ってたね。

期待に満ちた瞳の天使に、私は駄目だと言う気にはなれなかった。そもそも、このピンチを乗り越えられたのは天使のおかげでもある。

……でも、あの杖は見たことがないからほしい……。

私がそんなことを考えてるなんて、きっと気にしていないのだろう。天使は「わたしに相応しい杖ですね」と言いながら手を伸ばした——が、触れることができなかった。

「な……っ!?　どういうことですか！」

天使が杖を何度も掴《つか》もうと試みるが、なぜかすり抜けてしまうのだ。杖がそこにあるのはわかるのに、まるでホログラムみたいに……。

「ふむ……。お前じゃその杖を扱うことができないみたいだな」

「～～～っ！　いいです。わたしには、フローディア様の杖ではなく、もっと相応しい杖があるからさわれないのです」

ド直球なルーディットの言葉に、天使は顔を赤くしてぷいっと背けてしまった。

ルーディットが「どういう仕組みなんだろうな？」と言いつつ杖に手を伸ばしているが、天使と同じで掴むことはできなかった。

「俺も掴めないな。シャルじゃないと駄目なんじゃないか？」

「ここは〈聖女〉のためのダンジョンですから、お師匠さまのための杖だと思いますにゃ」

ルーディットとタルトの言葉に、みんなの視線が私に注がれる。

「……じゃ、じゃあ……」

私はゆっくり杖に手を伸ばして、触れてみる。天使のときのように触れられないということはなくて、しっかりした感触があった。

「これは……」

杖を持ってみると、まるで羽根のように軽い。持ち手の部分はにぶい金色で、歴史を感じられる。クリスタルと宝石が埋め込まれ、翼とリボンで装飾された神秘的な杖だ。

〈任命の杖〉
〈聖女の守護者〉を任命できる。
〈聖女〉と同パーティ内にいる場合は、全ステータスが一・五倍になる。パーティにいない場合は、全ステータスが半減する。

杖の説明を見て、私はなるほどと納得する。〈教皇〉にとっての〈聖騎士〉のようなものを任命できるということだ。ただ、得られるものがあまりにも大きいため、その制約も厳しいのだろう。

……たぶん任命すると、職業《ジョブ》が〈聖女の守護者〉になっちゃうんだよね。

そう考えると、ほいほい任命するわけにもいかない。私と離れることになった際、また転職しなければいけなくなるし、転職したらレベルは1に戻ってしまう。

ゲーム時代なら検証も楽だけど、現実だとなかなか難しい。

「これはまた、すごい杖だな。シャルは今後これを使うのか？」

「いえ。これは任命するためだけの杖で、戦闘で使うのには向いてないみたいですね」

ルーディットの質問に首を振って、私はこの杖の使用方法をみんなに説明した。

「……そんな杖が存在するのか。だが、パーティから抜ける可能性を考えると、使いどころが難しいな」

「そうだね。どんなスキルを使えるようになるかもわからないし、使うことはないかもしれないね」

せっかく手に入れた杖なので残念だけど、倉庫の肥やしにしておこう。私がそう思っていたら、

「ええっ」という声があがった。天使だ。

「せっかく〈任命の杖〉を手に入れたのに、使わないなんて……。〈聖女〉シャロンを守護する人は、いた方がいいと思いますよ」

「私は一人で……っていうか、普通に仲間がいればそれでいいよ？」

……天使ちゃんが勧めてくると、逆に物騒な杖だなと思ってしまうなど……言えない。

そうこう考えていると、周囲が淡い光に包まれ始めた。ボスを倒したので、ダンジョンが消滅しようとしているみたいだ。

「な、なんだ!?」

「揺れてるぞ！」

ケントが慌てて叫び、ルーディットも異変を告げる。慌てるみんなに、私は「落ち着いて」と声

をかける。脱出する方法はきちんと用意されているのだ。

「大丈夫、扉が出現してそこから外に出られるようになってるはずだから」

私がそう言うと、みんなが一斉に周囲を見回し始めた。すると、この広場の入り口部分に天使のレリーフで装飾された扉が出現した。あれが出口だろう。

「帰りは結構あっさりなんですにゃ～」

「うん。さて、クリアしたから帰ろうか！」

「はいですにゃ！」


私たちは扉を開けて、無事に自室へと戻ってきた。それとともに、使った鍵も消える。所要時間は半日ほど。〈元気一〇〇〇倍ポーション〉も飲まなくて済んだので、まあまあよかったと言えるのではなかろうか。

そしていつの間にか天使は消えていた。スキルなので、一定時間召喚したら消える仕組みになっているのかもしれない。ここら辺は、要検証だね。

戻ってこられたみんなは、「生きてる～」とか、「クリアできたイェイ！」とか、嬉しそうだ。

「シャル、フレイはどうすればいい？」

「目覚めるまで少しかかると思うので、フレイが使っている部屋に寝かせてもらってもいいですか？」

「わかった」

ルーディットが頷いて、気絶したままのフレイを運んでいこうと部屋のドアを開けた瞬間――悲鳴が聞こえてきた。

「きゃあああぁぁ！」

「助けてくれ!!」

「うわあっ」

屋敷の中で何かが起こっているのかとも思ったけれど、どうやら悲鳴の発生源は外のようだ。ケントが一目散に窓際に行って、外の様子を見ている。

「ケント、どうなってるの!?」

「おい、なんだこれ……街にモンスターが溢れかえってる!!」

「「――!?」」

ケントの言葉に、慌てて窓から外を見ると、なぜか街にモンスターが溢れていた。ファーブルムの騎士が対応して人々を守っているが、苦戦しているようだ。

……え、どういうこと？

「なんでモンスターがいるんですにゃ!?」

「わかんねぇ！　でも、早く倒さないと大変なことになる！」

「……っ、お母様たちは!?」

私がすぐに部屋を出ようとすると、ルーディットがガッと剣の鞘《さや》を床に突きつけた。抱えていたフレイは、ソファに寝かせている。

「落ち着け!!」

「お兄様……っ！　でも!!」

「慌ててもどうにもならん。シャルはケントとココアと三人で屋敷内の状況を確認、タルトは俺と一緒に騎士団に来てくれ。寝ているフレイは——ルーナ、任せても大丈夫か？」

ルーディットが次々に指示を出し、名前を呼ばれたみんなは頷く。

「ええ、フレイのことは私に任せてちょうだい。〈アークメイジ〉だもの、そう簡単にやられたりしないし、守れるわ。フレイの目が覚めたら、みんなに合流するわね」

「ああ」

ルーナの頼もしい返事を聞いて、ルーディットが頷く。気絶状態のフレイは懸念事項だったので、ルーナに任せられるのなら安心だろう。

「ほかは、街中のモンスターをひたすら倒せ。見たところ、そこまで脅威となるモンスターはいなさそうだが……油断はするな」

「オーケー！」

「はい！」

「モンスターが街を襲うなんて、そんな恐ろしいことが起こるなんて……。絶対に助けてみせます」

「ティティア様のご意思のままに」

「モンスターに美味しいご飯を食い荒らされたら大変……！」

みんなの返事を聞いてすぐ、ルーディットは相方のドラゴン、マッハを呼んだ。一気に王城まで飛んでいくのが一番早い。タルトを連れていくのは、回復アイテムの備蓄類を確認するためだろう。もし回復アイテムが不足していたとしても、タルトがいればどうとでもできる。

私はすぐに踵《きびす》を返し、ドアへ向かう。

「ケント、ココア、行くよ！」

「お、おう！」

「はいっ！」

私たちが走りだしたのを見て、ルルイエたちも動きだした。どうやら窓から飛び降りて、見つけ次第モンスターを倒すという作戦みたいだ。ルーディットとタルトは、すでに飛び立っている。

「みんな、気をつけてね……」

……いったいどうなってるのか、原因を突き止めなきゃ！

悲鳴というのは、何度聞いても慣れるものではないし、慣れたいとは思えない。黄色い悲鳴ならばまあいいけれど、恐怖からくる悲鳴は……自分も嫌な気分にさせられる。

〈聖女の試練〉から戻ったばかりだというのに、いったいどうして街中にモンスターが溢《あふ》れているのか……。もしかしたら、クエストが続いているのかとも思ったけれど、クエストウィンドウが出ていないのでクエストの線は薄いだろう。

……でも、そうするとモンスター発生の理由がわからないんだよね。

原因がわからないモヤモヤを拭《ぬぐ》えないまま、私はケントとココアの三人で廊下へ飛び出した。

何があってもすぐ対応できるように構えて周囲を見回してみるが、ぱっと見でモンスターはいない。そのことにホッと安堵《あんど》の息をつくが……まだ油断はできない。

「屋敷の中、静かだな」

「いつもなら、メイドさんたちが歩いてるもんね」

不安そうにしているケントとココアに、私は「大丈夫だよ」と、できるだけ明るく声をかける。

「きっと避難してるんだと思う。うちで雇ってる兵士もいるから、屋敷内にモンスターが出てもある程度は対処できるだろうし……」

「そうなんだ、よかった。とはいえ、屋敷内にモンスターがいる可能性もあるから、急いで確認しよう！」

「うん」


ケントを先頭に、私たちは屋敷の中を見て回る。ココアが言った通り、普段なら大勢いる使用人の姿はまったくない。きっと地下に避難しているのだろう。

慎重に廊下を進んで階段を下りていくと、一階に〈ゴブリン〉と〈ネコ剣士〉がいた。すぐ横にはうちで雇っている兵士が倒れていて、あの二匹にやられたのだということがわかる。ドッと嫌な汗が体中に噴き出すのを感じながらも、冷静にスキルを使う。

「〈絶対回復〉〈守護の光〉〈聖女の加護〉！」

「俺も行くぜ！〈挑発〉!!」

「夢うつつの世界に終止符を――〈光鳥《こうちょう》〉！」

私が倒れている兵士を回復し、ケントがモンスターを抱えてココアが攻撃した。〈光鳥〉は空中から光の鳥が現れて、周囲のモンスターに攻撃を行う範囲スキルだ。〈言霊《ことだま》使い〉が使う範囲攻撃スキルの中で一番威力がある。

あっさり二匹を倒し、私たちは兵士の元へ走る。幸い回復したので怪《け》我《が》は治っていて、意識も戻ったようだ。

……よ、よかったあぁぁ!!

「……っ、シャーロット様！　よかった、ご無事でしたか……！」

「助けに来るのが遅くなってごめんなさい。何があったかわかりますか？」

「いえ……。街中に突然モンスターが溢れたようですが、原因などはわかりません。屋敷にいるのは、街中のモンスターが入ってきたからです」

「そう……」

兵士の言葉を聞いて、少しだけホッとする。

〈ゴブリン〉はいろいろな場所に出現するが、〈ネコ剣士〉がいるのは〈ねこじゃらし野原〉だけだ。本来ならば、この二匹が同時に出現することはない。つまりまあ、人為的なものか、イベント的なものか、そのどちらかが考えられる。タイミング的に、私が試練をクリアしたから……と思ってしまったのだ。ただ、まだ完全に決まったわけではないけれど、鍵を使った私の部屋ではなく街中にモンスターが現れたのであれば、可能性は低いだろう。

「〈魔力反応感知《マナサーチ》〉……周囲にモンスターはいないみたい」

「ありがとう、ココア。ほかのみんなは、地下ですか？」

「は、はい。屋敷の者は、戦える者以外は全員地下に避難しています。兵士は屋敷内の確認と、街中のモンスター討伐に向かっています」

「そう、わかったわ。こんな大変な中、対応をありがとう」

「いいえ、私の仕事ですから！」

ココアと兵士の話で周囲の状況が理解できた。ひとまず屋敷内に被害者はいなさそうだ。

「お兄様が指揮をしに騎士団に行ったから、この騒動もすぐ収まるでしょう。もう少し、屋敷の守りをお願いします。それから、街の人で避難場所がない人がいたらここに誘導するので、対応をしてもらっていいですか？」

「はっ！」

あの場は兵士に任せ、私たちも街中に出た。

街中にはモンスターから逃げ惑う人、どうにか倒そうと戦っている人、様々だが――戦う術《すべ》を持たない街の人たちの阿鼻叫喚《あびきょうかん》に、私たちは息を呑《の》む。

「どうして、こんなことに……」

ココアからこぼれた声に、私も同じ思いしかない。

〈プルル〉や〈花ウサギ〉というモンスターから始まり、〈ゴブリン〉〈毒婦の魔女〉〈カブトラー〉〈ネズミ小僧〉〈サンドゴーレム〉などの姿が見え、空には一頭だけ〈ワイバーン〉が飛んでいる。

空にもいるというのは、ちょっと厄介だ。

「…………」

モンスターを見て、しかし私が考えるより先にケントの「〈挑発〉!!」という声が響く。確かに今はモンスターを倒すことが先決だ。私は範囲回復スキルを使い、倒れている人を癒《いや》す。それと同時に、安心させるように叫ぶ。

「私たちは高レベル冒険者です！　もう大丈夫ですよ、みんな助けます‼」

「た、助けだ……！」

「早くモンスターを倒してくれ‼」

逃げていた人たちはほっとし、けれど恐怖から「早く、早く……」と震えている。私たちにとっては雑魚モンスターだけれど、冒険者でも戦闘職でもない街の人からすれば脅威だろう。

「俺も倒すぜ！」

ケントが剣を振るい、比較的低レベルのモンスターを倒していく。それより強いモンスターはココアが殲滅《せんめつ》を担当している。私は負傷者の保護がメインだ。

二人が戦っている横で、地面に倒れている女性に駆け寄った。子供を抱きしめているので、モンスターから必死に守っていたのがわかる。

「大丈夫ですか？　すぐそこのココリアラ公爵家には兵士もいるので、そこに避難してください」

「こ、公爵家に避難を……⁉　あ、あ、ありがとうございます……！」

「礼は必要ありません。さあ、急いで避難してください」

「はいっ！」

女性は子供を抱きかかえ、急いで走っていった。私がそれを見送っていると、ケントが「終わったぞ！」と私を呼んだ。

「ここら辺のモンスターはあらかた倒せたっぽいぞ」

「うん。場所を移動して、残ったモンスターを倒せばいいと思うんだけど……〈魔力反応感知《マナサーチ》〉、もうモンスターはあんまりいないみたい」

「いない？」

ココアの言葉に私が首を傾《かし》げると、ココアは「そうなの」と頷《うなず》いた。

「リーナたちが倒しちゃったのかな？」

「そもそも、モンスターもそこまで強くないみたいだしな。いや、一般的に考えたら強いんだろうけど、俺たちには、なぁ……？」

「そうだねぇ……」

ココアとケントは、リーナやルルイエたちが倒してしまったと思っているようだ。でも正直、私もそんな気がしてならない。

……いったいどういうことなの？　あっけなさすぎるんだけど!!

モンスターが出たことはよくないことだとわかっているが、その規模が小さすぎていったい何がしたかったのかさっぱりわからない。

「でも、これだけ弱いモンスターばっかりってことは……私関連のクエストとかではないね。〈聖女〉のクエストで、雑魚ばっかりっていうのはありえないから。〈堕天使〉とかがいれば悩んだけど、一番強そうなのが〈ワイバーン〉だし」

「クエストだとウィンドウってのが出るけど、それもなかったもんな」

私の言葉に、ケントもうんうんと頷いて同意してくれる。

「二人とも、とりあえず〈ワイバーン〉を倒しちゃおうよ！　街中に降りてきたら大変だし」

「「それもそうだ」」

　ココアの訴えに、私とケントの言葉が重なった。

「こっからだと〈挑発〉が届かないけど、どうやって倒すんだ？　ココアもドラゴンに乗って、一緒に空中戦か？」

　ケントが考えた作戦を、私は「まさか」と笑う。

「もっと楽な方法があるよ。〈必殺の光〉〈守護の光〉〈聖女の加護〉〈月の光〉〈星の光〉」

「え、もしかして俺が一人で倒してくるのか？」

「正解！　相手は〈ワイバーン〉だし、ケント一人で問題ないよ。スキルを使えば一撃だよ、一撃！」

　私が「よろしくね！」と言えば、ケントは「わかった」とすぐ承諾してくれた。そのまま相方のドラゴンを呼んで、空へ飛んだ。

「ケント、頑張ってね！」

「おう！」

　ココアが応援するとケントは張り切って――チュドン！　〈ワイバーン〉はあっという間に退治されてしまい、街中からワアアアァァ！　と歓声があがった。どうやら空を飛ぶ〈ワイバーン〉を見ている人は多かったようだ。

　……ひとまず、これで脅威はほとんど去ったかな？

　あとはこの現象の原因を突き止めることだけど、実は一つだけ心当たりがある。でも、本当に実行するか？　と問われたら、首を傾げるしかないようなことだ。

〈ワイバーン〉を倒したケントが戻ってきた。

「シャロン、空から街を見た感じ、モンスターはまだいるけどルルたちが無双状態だった。全部倒しきるのも時間の問題だな」

「さすが！　みんな頼りになるね」

私たちもモンスターを倒しつつ、街の状況を確認しよう。そう思っていたら、「大丈夫かー!?」と叫びながらフレイが走ってきた。その後ろには、ルーナもいる。

「え、フレイもう目が覚めたの!?　早くない!?」

「そんなことよりモンスターを倒そう！」

「そんなことって……」

いったいどうしたのだとルーナを見てみると、にっこり笑って「〈元気一〇〇〇倍ポーション〉を飲ませてみたの」と教えてくれた。

……寝てる人に飲ませるとは、なんて恐ろしいことを……！

「でも、二人が来てくれて助かったよ。フレイは私と一緒に王城に行ってもらっていい？　状況確認がしたいから。ケントたちは、引き続き街中のモンスターの討伐をお願い。そのとき、〈魔力反応感知《マナサーチ》〉でモンスターが残ってないかしっかり確認してほしいの」

「確かに、モンスターが隠れて残ってたら大変だもんね。街の隅々までチェックするから、任せて」

「ありがとう」

二手に分かれ、私はフレイと一緒に王城へ向かった。

王城へ走って向かう途中、見かけたモンスターを片っ端から倒し、負傷している住民を回復していく。避難が必要な場合は、うちの屋敷へ行くように伝えることも忘れない。

「それにしても、弱いモンスターばっかりだな。シャロン、この現象はなんなんだ？」

「さも私が知ってるように聞くね……」

「シャロンだからな」

あっけらかんと答えるフレイに、私は苦笑する。

「私がなんでも知ってると思わないでよ。一応似た現象は知ってるけど、さすがにやる人はいないと思うから……ちょっと謎なんだよね」

「そうなのか？」

もし私が考えた通りなのであれば、犯人がいるはずだ。だけど、街中にモンスターを出現させるなんて恐ろしいこと、するだろうか。

私は頭を悩ませつつ、王城へ走った。

「来たか、シャル。犯人が捕まったぞ」

「「え？」」

王城に到着してすぐ、待ち構えていたルーディットに言われた言葉にフレイと一緒にぽかんとしてしまう。

「ほ、本当ですか？」

「ああ。シャルからすればいい気はしないだろうが、会うか？」

「会えるんだ……」

街をモンスターで混乱の渦にした犯人に会えるのであれば、会っておいた方がいいだろう。そしてなぜ実行したのかと、モンスターを街中に召喚した方法も確認したい。

……もしかしたら、私がまったく知らない新しい方法があるかもしれないからね。

ルーディットの案内で、私たちは王城の廊下を歩いていく。

「そうだ、お兄様。タルトはどうしてますか？」

「負傷者を診《み》てくれてる。ポーションならたくさんあるからって言ってくれてな。助かってる」

「そうですか」

「犯人のことは伝えてない。……どう発表するかも、まだ確認中だ」

「……そうですか」

タルトはテキパキと負傷者の手当てなどをしてくれているようだ。さすが私の弟子、偉いしすごいね。

そしてルーディットの犯人に関する口ぶりから、まったくいい予感がしなくて困っている。こんなの、犯人を教えているようなものだ。ため息をつきたいのをぐっとこらえつつ付いていく。

「…………」

しばらく無言で歩き、到着したのは地下牢《ろう》だ。

見張りの騎士にルーディットが軽く挨拶をし、私たちは一番奥へ進む。手前にある簡素な牢とは違い、頑丈な造りになっているのが一目でわかる。

「シャル。今回の犯人は――イグナシア殿下だ」

「…………！」

牢の中にいたのは、鎖で繋《つな》がられ、さるぐつわをされたイグナシア殿下だった。

……お兄様の口ぶりからそうかなとは思っていたけど、本当にイグナシア殿下だったとは。

私が会いたくない人物で、犯人であることをすぐ公表せず、その方法を確認している。その両方に当てはまる人物なんて、イグナシア殿下しかいなかった。

ルーディットは牢の前で見張っている騎士に指示をし、イグナシア殿下のさるぐつわを外させた。どうやら会話はしてもいいようだ。

「くそ！　俺は王太子だぞ、こんな仕打ちをしていいと思っているのか!?」

イグナシア殿下が吠《ほ》えた。けれど鎖で繋がれているので、体を動かそうとしてもガシャンと音がするだけだ。

「おい！　聞いているのか!?」

「聞いているもなにも、どうせ王族からは追放だろう？　運よく処刑を免れたとしても、どんな重い罰が下るか……。まあいい、それを決めるのは俺じゃないからな。それで、どうやってモンスターを街に呼び込んだんだ？」

「………」

底冷えするようなルーディットの声に、イグナシア殿下は肩を震わせた。いつも明るいルーディットのこういう態度は、妹の私でも怖いと思ってしまうからね。その威圧を直接浴びせられているイグナシア殿下はたまったものではないだろう。

黙ってしまったイグナシア殿下を見て、私は予想を口にする。

「〈大混乱〉を使いましたか？」

「な、なぜそれを……!!」

「なんだ、それ？」

私の言葉を聞き、イグナシア殿下はあからさまな反応を見せた。こっちとしては尋問の手間が省けて助かるのだけど、王族がそんなに顔に出したら駄目だと思うよ。

「モンスターを召喚するアイテムです。〈大混乱〉という名前のアイテムで、片手で持てるくらいの大きさの黒い玉ですね。モンスターの数と強さは割るまでわからないですけど、使用者のレベルで出るモンスターの強さは決まってるんです。今回はモンスターの数が多かったですが、もし割ったのが一つであれば、よくあの数を引き当てましたね。……聞いたことありませんか？」

ルーディットに説明をすると、どうやら心当たりがあったようで「あれか！」と手を叩《たた》いた。

「でも、あれはそう簡単に手に入るものじゃないだろ？」

「それは、確かに」

入手経路も調べなければいけないのは、大変だろう。

〈大混乱〉はイベントアイテムなので、入手経路はイベントか——私たちが出したみたいに、ダンジョンの宝箱からランダムで出るかなどの方法しかない。そのためこの世界で手に入れるには、宝箱から手に入れた冒険者が売りに出したものを買い取る必要がある。

……うーん、偶然低レベル地帯で手に入れたりしたのかな？

私が入手経路について予想を立てていると、イグナシア殿下はとんでもないことを口にした。

「あれは〈巫女《みこ》〉にもらったものだ！　それに、決して悪用しようとしたわけではない!!　ファーブルムのために使おうとしていたんだ!!」

「「——っ!?」」

イグナシア殿下の言葉に、私たちは目を見開く。

「フレイ、確か〈大混乱〉はフレイたちのパーティが持ってたよね？」

「あ、ああ。だが、あれはミオが持っているんだ。私たちも即金が必要ではなかったので、ひとまず保管をと考えていて……」

「「……………」」

私たちの脳裏に、ミオがイグナシア殿下に渡したのでは？　という考えが一瞬よぎる。都合よく〈大混乱〉を持っている〈巫女〉なんて、そうそういない。

「すぐミオに確認を取る。すまないが、少し外す」

「う、うん……！」

フレイが確認に行くのを見送ってから、私はイグナシア殿下になぜ〈大混乱〉を使ったのか、使ったらどうなるか知っていたのかということを聞くことにした。

先ほどは悪用せずファーブルムのために使おうとしていたと言っていたけれど、街中にモンスターを呼び出してその言い訳は酷《ひど》すぎると思う。

「ブルームには、戦えない人も大勢います。イグナシア殿下はなぜ、こんなことをしたのですか？　わかっていてやったのですか？」

問いかけると、イグナシア殿下は私を睨《にら》みつけてきた。

「――なぜ？　俺をここまで追い詰めたお前がそんなことを言うのか？」

「え……」

追い詰められたのは私の方なんですが？　と言いたいのをこらえて、「どういうことです？」と再度問いかける。

「俺は王太子だ！　なのに、その地位を剥奪すると言われた!!　すべてお前のせいだ。お前が俺の婚約者として相応《ふさわ》しくなかったばかりに、こんなことが起こった……!!」

肩で息をしながら、イグナシア殿下はさらに続ける。

「しかも、エレンツィからは和平の申し込み？　今までずっと〈癒し手〉を独り占めしておいて、今更それはないだろう。だから俺は、モンスターを引き連れてエレンツィを落とそうと思った!!」

「…………」

「俺が〈エレンツィ神聖国〉を倒し、力を見せつけ王になるはずだったというのに……!!」

あまりにも稚拙な言い分に、私もルーディットも言葉を失った。

……というか、〈エレンツィ神聖国〉を落とすつもりだったの？　控えめに言って無理だと思う。今のイグナシア殿下の立場で国の騎士を動かすことはできない。それゆえモンスターを使おうと考えたのだろうけれど、モンスターを意のままに扱うなんてできるわけがない。専用の職業につかなければ……まあ、それは今は関係ないから置いておこう。

ルーディットがため息をつきたいのを我慢した様子で、イグナシア殿下に問いかける。

「モンスターをどうやってツィレまで連れていくつもりだったんだ？」

「決まっているだろう、モンスターを操る杖《つえ》を使うんだ！　宝物庫に〈モンスター使いの杖〉というものがあり、それを使えばモンスターを意のままにできる！」

「できないよ」

「……っ!?」

——あ。思わず突っ込んでしまった。

「それは〈動物使い〉が装備する武器っていうだけで、〈動物使い〉以外が装備しても意味はないよ。だって、モンスターを操るのはスキルだし……そもそも操るにしても条件はあるけど……」

私はため息をつきながら、簡単に説明をした。とはいえ、〈動物使い〉はあまり聞かないので、なっている人が少ない職業《ジョブ》なのだろう。つまり情報が少なく、だからこそイグナシア殿下も装備すれば自分でモンスターを操れるなんて勘違いをしたのだろうと思う。

　すると、ルーディットが「そういえば」と口にする。

「俺は直接見てはいないが、杖を没収したと報告があったな。それがそうなんだろう」

「そうでしたか。……今後、勘違いする王族が出ないといいですね」

「父上に報告しておこう」

「お願いします」

　騎士団長の父に話がいけば、ヴィルヘルム陛下まで話が回るのもすぐだろう。あれは宝物庫に置くほどの装備ではないので、こんな勘違いが起きるくらいなら、いっそ捨ててしまってもいいくらいだ。

「お兄様、どうしましょう？　私はイグナシア殿下の目的がわかったので、もう用はないです」

「そうだな。シャルもこんな奴の顔を見ていたくないだろうし、行くか」

「はい」

「なっ！　待て、俺をここから出せ!!」

　イグナシア殿下の叫び声は聞こえなかったふりをして、ルーディットにエスコートしてもらいながら地下牢を出た。

「大変申し訳ない、シャロン‼」

「「申し訳ございませんでした‼」」

王城でタルトと合流した私は、負傷者を回復してルーディットと一緒に屋敷へ戻ってきた。するとそこで待ち受けていたのは、DOGEZA状態のフレイのパーティメンバーだ。つまり、フレイ、ルーナ、リーナ、ミオだ。

……ということは、イグナシア殿下に〈大混乱〉を渡したのはミオだったっていうことだね。

「えーっと、とりあえず事情を説明してもらってもいいかな？」

「はい……」

私の言葉に、ミオはひどく落ち込んだ様子で頷いた。


応接室に行き、さっそく話を聞いてみた。

「以前、王城で〈巫女〉としての仕事をしたと言ったでしょう？　そのとき懺悔を聞いた方が、その、イグナシア殿下だったようで……」

「なるほど」

ただ、イグナシア殿下は名乗らなかったようで、ミオは相手が誰か知らないまま懺悔を聞いてあげていたのだという。普段から身分を明かさずに懺悔をする人は多いため、名乗らなかったことも気にはならなかったようだ。

「その方はとても悩んでいて、勇気を出したいと言っていました。そして倒さなければいけない悪い奴らがいるのだと」

「悪い奴ら、ねぇ……。その悪い奴らが〈エレンツィ神聖国〉だったということね」

　私がそう告げると、ミオは力なく頷いた。

「そして、モンスターを操る杖があるという話を聞き……私は〈大混乱〉を渡したのです。本当に、本当にごめんなさい……」

「……〈大混乱〉がどういうアイテムかは、ミオも知ってたはずだよね？　それを、素性も知らない人に渡してもいいと思ったの？」

　さすがにそれは大問題ではないだろうか？　警戒心がなさすぎるとか、そういうレベルの話ではないと思うのだけれど……。

「素性とはいいますけど、王城に仕えている方です。国のために悪を成敗したかったのでしょう？　その心を疑うなんて、できません……っ」

「いい子ちゃんか！」

　私は大きくため息をついて、「わかった」と頷いた。

「もう終わったことは仕方がないし、理由がわかったから私はそれでいいよ。だけどね、ミオ。どこにいる相手だとしても、それだけでは信用には値しないということを覚えておいてほしい。私も含めてね。それに……正直、王城内なんて野心を持った大人が大勢いるし、全然安全なところじゃないんだよ？」

　むしろ、王城内にいる人間の方が厄介だったりする。

　ミオは私の言葉に肩を落とし、小さく頷いた。

「フレイをはじめ、ルーナ、リーナにもその危険性を教えられました。私が愚かだったばかりに、ごめんなさい……」

「……まあ、私はミオを裁く立場ではないからね。そういうのは、フレイに任せるよ。フレイのパーティ内で片づけてくれたらいいかな」

　私がそう言って、フレイ、ルーナ、リーナを見るとしっかり頷いてくれた。

　今回の件に関しては、ミオが直接〈大混乱〉を使ったわけではないので、ミオに罰が下るようなことはないだろう。むしろ、騙《だま》されてアイテムをあげてしまった可哀想《かわいそう》な子か。

　ただ、もしイグナシア殿下になんの瑕疵《かし》もなく同じようになっていた場合、ある程度の罰がミオに下っていただろうとも思う。あくまで今回何もないと予想できるのは、イグナシア殿下がすでに王位継承権を取り上げられていたからだ。

　なので、あとはフレイたちのパーティで話し合えばいい。

　……そもそもアイテムを勝手に他人にあげてしまっているので、そこら辺をどう判断するかだ。〈大混乱〉は使い道が難しいアイテムではあるけれど、一応この世界では貴重なアイテムなのでね。売ればそれなりのお金になっただろうし。

すると、静かに話を聞いていたルーディットがゆっくり口を開いた。

「事情はわかった。冒険者がダンジョンで手に入れたアイテムだから、誰かに譲渡したことについては罪に問われたりはしない。もちろん、街中で使ったのがミオであれば罰せられるがな。今回は、任意ではあるが……騎士団で事情聴取を受けてほしい。構わないか？」

「……はい。嘘《うそ》偽《いつわ》りなくお話しさせていただきます」

「助かる。……イグナシア殿下に関しては、どういった判決が出るかは……かなり先になるだろうな。街中でモンスター召喚なんて、前例がない」

ルーディットは、「は～、これからが面倒だな」と頭をかいた。


「号外、号外だ～！」

ブルームの街中に、大きな声が響き渡る。そこかしこで配布されている号外に載っているのは、〈エレンツィ神聖国〉と〈ファーブルム王国〉が手を取り合い和平を結んだという記事だ。

私は号外を一部受け取り、目を通す。

「ティーのことが書いてあるんですにゃ？」

「うん。めちゃくちゃ立派な〈教皇〉だよねぇ」

タルトの言葉に頷きながら、私は続きを読んでいく。

「手を取り合った両国は今後、〈ヒーラー〉と〈騎士〉の交換留学を行う予定。さらに〈癒し手〉になりたいファーブルムの子供はエレンツィの大聖堂で積極的に受け入れ、修行の場を提供する……だって。エレンツィの〈聖堂騎士〉がファーブルムに鍛錬しに来ることもできるって」

「すごいですにゃ！　今まであまりいい関係じゃなかったのに、いきなり交換留学なんて。ティーはとっても頑張ったんだと思いますにゃ！」

　ティティアのすごさを自分のように喜ぶタルトに、私も笑顔で頷く。ティティアは心から平和を望むとっても優しい教皇なので、今回のことが上手《うま》くいってよかった。

　私が感慨深く思っていると、ローブの裾をくいくいと引っ張られた。ルルイエだ。

「シャロン、ちょっとあれ買ってくる」

「ん？　ああ、肉串の露店ね、了解。ついでに私のもお願い！　向こうの屋台で飲み物を買っておくから」

「わたしの分もお願いしますにゃ！」

「ん、わかった」

　私とタルトも肉串をお願いし、約束通り飲み物――フルーツソーダの売っている露店へと向かう。

「そういえば、わたしたちはこれからどうしますにゃ？　まだブルームに滞在しますにゃ？」

「ティーたちの和平交渉も無事に終わったから、そろそろ次に行ってみたいね。タルトは行ってみたいところはある？」

「わたしは〈製薬〉の素材がたくさんほしいですにゃ。以前、お師匠さまが言っていた〈ローラルダイト共和国〉はいっぱいあるって聞いたので、気になってますにゃ」

タルトの具体的な提案に、私は「いいね！」と頷く。

〈ローラルダイト共和国〉は、ここから東に位置する隣国だ。方向としては、ツィレと反対になる。灼熱の砂漠の国で、火属性の素材が多く採れる。

「街もいくつかあるから、全部ゲートに登録しなきゃだね。あ、タルトも〈ケットシーの村キャトラ〉のゲートを登録しに行かなきゃね。やっぱり、いつでも家に帰れるのは安心だもん」

「ありがとうですにゃ」

タルトはこくこく頷くと、「行きたいところが多くて困りますにゃ〜」と、まったく困っていなさそうな笑顔で告げる。

「とりあえず、お肉とソーダでお腹を満たしながら次の行き先を決めよっか！　……ケントとココアには事後報告になっちゃうけど」

「あの二人はきっと、どこでも行ってみたいって言いますにゃ」

「それもそうだね」

私はソーダを購入し、タルトと笑いながらルルイエと合流して、今後のことを楽しく話した。

エピローグ

シャーロットの立ち会いのもと、〈エレンツィ神聖国〉と〈ファーブルム王国〉の間に和解が成立した。

そのニュースは一瞬で広まったが、嬉《うれ》しい知らせはそれだけではない。

〈教皇〉ティティアによって、〈冒険の腕輪〉のことが発表されたのだ。これは二国間の和解がかすんでしまうほどの大ニュースで、街ではこの話題で持ち切りになっている。

何度もココリアラ公爵家から発表するべきだとティティアに言われたけれど、さすがに事が大きいのでティティアに任せた。

「冒険者ギルドに人が殺到しているようですよ」

優雅に紅茶を飲みながらそう告げたのは、リロイだ。

「まあ、仕方ないですね。いきなり自由に〈冒険の腕輪〉を作らせるわけにはいかないですから。冒険者ギルドはどこの国にも属さない中立機関になってるんですから、任せられるならそれが一番いいと思いますし」

「〈冒険の腕輪〉を求める人が大聖堂に押しかけてきても大変なので、そこは素直にありがたいですね」

「まあ、それはそうですね……」

〈冒険の腕輪〉の情報は解禁され、使い方の説明などもされたが――実は取得方法だけは公表されていないのだ。理由は、一気に大勢の人が来ても腕輪を用意できないから。

……というか、腕輪のクエストを出してくれる人が過労死しちゃうよ……。

そういうこともあって、落ち着くまでは冒険者ギルドが受付をし、審査などに合格したら腕輪の入手方法を教えるということになっている。

ちなみに〈冒険の腕輪〉は各国の首都的な場所で作ることができる。しかし人口を考えると供給量が少なすぎるので、誰もが自由に持てるようになるにはかなりの時間を要するだろう。

私は窓の外を見て、「そういえば」とリロイに話を振る。

「ティーたちについていかなくてよかったんですか？」

「…………」

だんまりになってしまったリロイを見て、私は笑う。

「まあ、女の子三人のお買い物にはついていけないですよね」

今、ティティア、タルト、ルルイエの三人で遊びに出かけているのだ。ウィンドウショッピングをして、カフェでお茶をすると言っていた。

フレイたちのパーティはゲートに登録するからとキャトラに向かった。おそらくトルテにも〈冒険の腕輪〉を作ってあげるのだろう。

ケントとココアは二人でどこかに出かけているのだけれど、たぶんデートだ。

リロイは苦笑して、「仕方がないです」と肩をすくめる。

「ティティア様は、同年代のご友人がほとんどいらっしゃいませんから。楽しくて仕方がないのでしょう。……ツィレに戻れば、今みたいな自由時間もあまり取れません」

「そう考えると、ティーはタルトとルルに会えてよかったですね。〈教皇〉となんの壁も作らず接してくれる人なんて、そうそういませんから」

「ええ」

私の言葉にリロイは頷《うなず》く。

「ですから私は、シャロンに会えたことをとても感謝しているんですよ」

「私ですか!?」

「そもそもシャロンがいなければ、私もティティア様も今頃死んでますからね」

「ああ……」

そういえば二人が死にそうな事件もあったのだったと思い出す。〈アークビショップ〉になって呪いを解いて、二人を助けはしたけれど――それは〈聖女〉クエストでもあった。

思い出せば怒涛《どとう》の日々だったけれど、終わってしまうとなんだか少し寂しいね。

私が紅茶で喉を潤していると、リロイがじっと私を見てきた。

「……どうかしました？」

「いえ、大丈夫かと少し心配になりまして。……任命、したでしょう？」

「………そうですね」

リロイの言葉に、私は苦虫を噛み潰《つぶ》したような顔になる。思い出すのは、イグナシア殿下の処罰に関する話し合いが行われたときのことだ。

イグナシア殿下は私に関する恨みも持っているからと、私も王城に呼ばれたのだ。


〈大混乱〉で街にモンスターが召喚されたものの、すべて倒し平和に暮らしていたときのことだ。あれは、事件から一〇日以上が経《た》っていただろうか。

私は王城からの召喚状を受け取り、タルト、ティティア、リロイと共に向かった。タルトは私の付き人ポジションで。ティティアとリロイは今回の事件に関わった〈エレンツィ神聖国〉側の人間として、その結果を確認するためだ。


王城の応接室に行くと、すでに父とヴィルヘルム陛下が待っていてくれた。しかもそれだけではなく、ヴィルヘルム陛下の隣にはイグナシア殿下が座っている。父は騎士団長という立場なので、護衛としてヴィルヘルム陛下の後ろに控えていた。

イグナシア殿下は事件当日に牢屋《ろうや》で見たときよりやつれていて、覇気がまったく感じられなくなっている。一〇日ほどしか経っていないのに、人間はここまで変わるのか……と内心で驚いてしまった。

「今回の件は、シャーロット嬢にも危険が及ぶ可能性があってね。というのも、イグナシアがシャーロット嬢のせいだと決めてかかっているところがあって――」

「大丈夫です、陛下。イグナシア殿下本人の口から聞いていますから」

「そうであったか」

ヴィルヘルム陛下は肩を落とし、疲れた様子で今回のことを説明してくれた。

「イグナシアには、しっかり処罰を受けてもらう。処罰の内容はまだ確定してはいないが、一生涯を牢で幽閉になるのではないかと思っている」

「幽閉、ですか」

「……あれだけのことをしたのだ、外へ出すわけにもいかない」

確かに教育されていない王族を外へ出して何かあれば、ヴィルヘルム陛下の責を問われることが起こるかもしれない。いくら陛下側が国外追放をしたと主張しても、イグナシア殿下の出自がファーブルムであることに変わりはないからだ。

……でもまあ、さすがに処刑なんて判決が下されたらどうしようとは思っていたし……幽閉なら私も二度とイグナシア殿下に会うことはない。

誰かが受ける罰の内容を聞いて、良かったとも、悪かったとも、私には考えることが難しい。人が裁かれるというのは、仕方がないとわかってはいても、かなりのストレスがかかるようだ。

「……そこで相談がある」

「わたくしにできることでしたら」

真剣な表情のヴィルヘルム陛下の話に耳を傾けると、「ルーディットから聞いた」という前置きが入った。

「シャーロット嬢。おぬしは、他人のステータスを半分にすることができるそうだな？」

「――！」

ステータスを半減。それは試練で手に入れた〈任命の杖《つえ》〉を使ったときに起こる現象の一つだ。

いったい誰に使うのだと考え――そんな相手は一人しかいないことに気づく。

「それを使い、イグナシアのステータスを半分にしておいてはくれないか？　そうしなければ、万一イグナシアが自由に動けてしまったとき――シャーロット嬢をはじめ、誰かに危害を加えてしまうかもしれない」

親としてそれだけは絶対に阻止せねばならないと、ヴィルヘルム陛下は言う。

……任命する、か。

正直に言えば、いくらパーティを組まないとはいえイグナシア殿下を〈聖女の守護者〉第一号にしなければいけないなんて酷《ひど》い、と思う。だけど、ステータスが半分になるというのは、罰として与えるのにはもってこいだし、今後何かあったときに私や周囲の安全に貢献できるというのはありがたいと思う。

イグナシア殿下本人はどうでもいいと思っているのか、特に言葉を発する様子はない。

私はしばし考えてから、肯定を示す。

「わかりました。私が未来永劫《えいごう》イグナシア殿下のステータスを半分にしましょう」

〈簡易倉庫〉から〈任命の杖〉を取り出して、私はイグナシア殿下を見る。急に杖が出てきたことに驚いているようだけれど、そんなことは私には関係ない。

……とっとと終わらせて、帰ろう。

私は立ち上がり、テーブル越しにイグナシア殿下に杖の先端を突きつける。イグナシア殿下は目を見開いたものの、すぐに睨《にら》みつけるように目を細めた。

「クソ、どうして俺がこんな目に――」


「〈任命〉」


私はあえてイグナシア殿下の声を遮るように、スキルを使った。

するとイグナシア殿下に淡く輝く光が降り注ぎ、とてもではないが罰せられているようには見えない。それはイグナシア殿下本人も同じように思ったのだろう。今度は目をぱちくりさせて、きょとんとした顔になった。

「……陛下。申し訳ありませんが、わたくしはこれで下がってもよろしいでしょうか？」

「あ、ああ。最後まで愚息が迷惑をかけて申し訳なかった」

「王が頭を下げるものではありませんわ、陛下」

私は最後に笑顔を見せ、タルト、ティティア、リロイを連れて王城を出た。

「任命したときはまったくそんなこと考えてなかったんですけど、ステータス画面にイグナシア殿下の名前が表示されるんですよ……。ステータスチェックしてると、チラチラ私の視界に入ってくるんです。ギルティ」

「それは災難ですねぇ……」

リロイの言葉に、私は「本当ですよ！」と返す。

直近では無理だけれど、落ち着いたら父やヴィルヘルム陛下に相談の上、そっと任命を解除したいと思っている。ステータス値は戻ってしまうけれど、どうせ転職扱いになってノービスのレベル1になるはずだ。それなら、ステータスを半減していなくても十分弱い。

私が項垂《うなだ》れていると、リロイの真剣な言葉が耳に届いた。

「ですが、シャロンは偉いですよ。あの男を任命したことは、英断でした。もしシャロンでなければ、私怨《しえん》が邪魔をしてできなかったかもしれません。尊敬に値します」

「……なんだか、リロイに褒められると変な感じですね」

「シャロン……」

「冗談ですよ。ありがとうございます」

私は紅茶を飲み干して、ぐぐーっと腕を伸ばした。すると、リロイから「はしたないですよ」というありがたい注意が飛んできた。

……ティティアはいつもこんなこと言われてるのか、大変そう……。

「いいんですよ、私は冒険者のシャロンですから」

「この家には戻らないのですか？」

「まだまだ冒険したいですから。次は、〈ローラルダイト共和国〉ですかね。行きたい街やダンジョンもいっぱいあるので、時間がまったく足りないですよ」

私がそんな不満を漏らすと、リロイは笑って「楽しそうで何よりです」と言ってくれる。

「……イグナシア殿下のことに決着がついたので、今までより自由でいられるような気がするんですよ」

「それはあるかもしれませんね」

肯定してくれたリロイの言葉に、私は大きく頷いた。

それからさらに数日後——私、タルト、ルルイエ、ケント、ココアの五人でブルームを出発した。

目指すは〈ローラルダイト共和国〉！

まずは〈花の街チューリリア〉に行き、そこから〈水の街リューレン〉と〈花市場〉どちらの街を経由していくかを決めるのだ。

「シャロン、ドラゴンに乗っておやつを買ってくるから少し待って！」

「休憩にしますにゃ？」

「ルルがそう言うと思って、俺もいろいろ買い込んできたぞ」

「実は私も三時間並んでクッキーを買ってきたんだよね」

——道中はとっても賑《にぎ》やかだ。

ルルイエがおやつを求め、そんなルルイエにみんなが一押しのおやつを出してくる。私たちのパーティは、そんな楽しいパーティだ。

「実は私も料理長に頼んでお菓子を用意してます！　なんならフルコースだってあるよ！」

「——!?」

私の言葉に、ルルイエが目をぎらつかせた。やはりうちの料理長のご飯は別格でお気に入りのようだ。

「って、モンスターだ!!」

「〈必殺の光〉！　ひとまず戦闘開始、だよ！」

と言いつつも、あっという間にケントがモンスターを倒してしまい、みんなの笑い声が溢《あふ》れる。

今日も私たちの冒険は、とっても楽しい——。

番外編 採取はとっても楽しいにゃ！ タルト

わたしたちは、〈ファーブルム王国〉の隣にある〈ローラルダイト共和国〉にやってきましたにゃ。フレイたちとは別れて、わたし、お師匠さま、ルル、ココア、ケントの五人パーティですにゃ。

道中は基本的にのんびり歩いたり馬を使ったりしながら、旅を楽しんで進んでいますにゃ。美味《おい》しそうなお店があれば、絶対というほどルルが寄りますにゃ。

……ちょっと太った気がするのにゃ。

そんなわたしたちが今いるのは、ローラルダイトのダンジョン〈イフリートのオアシス〉にゃ。

ここの一階層は採取できる素材が多くて、重宝している〈錬金術師〉が多いとお師匠さまが教えてくれたのにゃ。お師匠さまはなんでも知っていてすごいのにゃ。

〈イフリートのオアシス〉は、砂漠の途中にある大岩が洞窟のようになっていて、中に入って地下へ続く階段を下りた先にあるのにゃ。

オアシスと名前がついたダンジョンだけど、階段を下りた先の一層は暑くて、泉どころか水一滴ないにゃ。

……まだモンスターはいないにゃ。

奥に進んでいくと出てくるのかもしれないにゃ。ここはスタート地点の広場という感じで、少し広くなっているにゃ。

「うわ、砂漠も暑かったけど、洞窟の中でも暑いな」

「日差しがない分、まだいいかも？」

ケントとココアも暑そうで、さっそく水を飲んでいるにゃ。わたしもモンスターがいない今のうちに、しっかり水分補給をしておくにゃ。飲み終わると、お師匠さまが「タルト」とわたしを呼んだにゃ。

「暑いでしょ？　髪、結んであげようか？」

「お願いしますにゃ！」

わたしはお師匠さまの提案に、すぐさま飛びついたにゃ。背中に髪がかかっていないだけで、かなり快適になると思うのにゃ。

「よーし、可愛《かわい》くしちゃうぞ！」

お師匠さまはヘアゴム、リボン、櫛《くし》を取り出してにこにこにゃ。わたしは近くにあったちょうどいいサイズの岩に座って、「お願いしますにゃ！」と頼みましたにゃ。

「タルトの髪はふわふわで可愛いから、いつも結ってみたいと思ってたんだよね～」

「お師匠さまの髪も、サラサラで綺麗《きれい》ですにゃ」

「そう？　ありがとう。でも、ストレートだからタルトのふわふわは憧れちゃうなぁ」

何度も「いいな～」と言いながら、お師匠さまはわたしの髪をとかして、高い位置でツインテールにしてくれましたにゃ。左右お揃《そろ》いのリボンもつけてくれて、とても可愛いのにゃ。

「よし、完成！」

「わああ、可愛い！」

「ご飯も食べやすそう」

ココアが手を叩《たた》きながら絶賛してくれて、ルルはこの髪型のメリットを瞬時に見抜いたにゃ。さすが、食べることに関してはプロフェッショナルにゃ。

「ルルも結う？」

「お願いする」

今度はルルの髪を結うので、わたしは立ち上がって座っていた場所を譲るにゃ。ルルの髪は長い上にボリュームがあるから、まとめるのはとても大変そうだにゃ。だけど、そんな髪型でも似合いそうだにゃ。

わたしはどうするのだろうと、ワクワクしながらお師匠さまを見るにゃ。

「ん～～、すごいボリューム！　これをタルトみたいに結ぶのはちょっと大変かなぁ？　あ、お団子にしてみたらいいかも！」

そう言うと、お師匠さまは大きなお団子を作って、余った髪はそのまま下に垂らしてお団子ツインテールにしてしまったにゃ。

「すごく可愛いですにゃ！」

「ん、これはご飯が食べやすそうでいい」

「気に入ってもらえてよかったよ〜！　はー、楽しかった。私はポニーテールにでもしておこうかな」

お師匠さまは簡単にポニーテールにしてしまったにゃ。だけどもともと美人な顔立ちなので、シンプルなポニーテールなのにとっても似合うし、魅力的なのにゃ。

……もしかしたら、これが大人の色気ってやつかもしれないにゃ！

「お師匠さまも素敵ですにゃ」

「えへへ〜、ありがと」

嬉《うれ》しそうに笑うと、お師匠さまはわたしたちに支援をかけ始めてくれたにゃ。〈聖女〉になったお師匠さまのスキルはとってもすごくて、わたしたちは安心して戦うことができるし、強くなるのにゃ！

岩の上に座ってこっちを眺めていたケントも、「よっしゃ、行くか！」と立ち上がったにゃ。暑そうにしているけれど、新しいダンジョンに挑戦できて嬉しそうにゃ。

「今回のメインは戦闘じゃなくて素材採取だから、ゆっくり進行でお願い！」

「おう！　任せとけ！」

わたしたちはケントを先頭に、ココア、わたし、お師匠さま、ルルの順で進み始めたにゃ。

「お師匠さま、〈火のキノコ〉がたくさん生えてますにゃ！　こんなにあったら、〈火炎瓶〉を作り放題ですにゃ……!!」

「うんうん、ほかに人もいないし、私たちが採取し放題だね！」

何匹かモンスターを倒して進んだ先、最初に到着した少し開けた場所は——お師匠さまが言っていた通り、素材がたくさんありましたにゃ！　すごいですにゃ!!

わたしが目をキラキラさせていると、モンスターのドロップを拾い終えたケントも興味深そうに〈火のキノコ〉を見ていますにゃ。

「これって、ツィレだと入手が難しいやつだよな？　〈火のキノコ〉って名前の通り、暑い場所に生えてるんだなぁ」

「ツィレはどちらかというと寒いので、あんまり採れなかったみたいですにゃ」

なので、ローラルダイトへ来られるようになったことはとっても嬉しいのにゃ。こっちの冒険者ギルドなら、〈火のキノコ〉もたくさん買い取ることができそうにゃ。しかもたくさん採れるから、ツィレより安くゲットできるにゃ！

わたしが素材採取をしていると、同じように隣で〈火のキノコ〉を採取しているルルが手を止めたにゃ。

「ルル、どうかしましたにゃ？」

「このキノコ、食べられるのかと思って」

「にゃっ!?」

まさかそんなことを聞かれるとは思ってもみなかったにゃ。

……キノコだから食べても問題ないような気がするけれど、これは〈火炎瓶〉の材料のキノコにや。危険がないかと言われると、なんだか危険な気がしてならないにゃ。

「お師匠さま、このキノコは食べられますにゃ？」

「えぇぇ……。食べようと思ったことはないからなぁ。でも、食べられないっていう話は聞いたことがないし……どうなんだろう？」

お師匠さまもわからないみたいで、首を傾《かし》げてしまったにゃ。

「匂いは普通のキノコ……？　いや、ちょっと辛そうな気がしなくもないか？　ココアはわかるか？」

今度はケントがキノコについて考えだしたにゃ。

「えぇえ、わからないよ。そもそもこのキノコは普通のキノコを買うより高いから、食べようとする人もいないんじゃないかなぁ」

「あー、それは確かに。高いキノコを買うより、肉が食べたいし……」

「確かににゃ」

わたしはケントの意見に納得したにゃ。食べられたとしても、高くてそんなに大きくないキノコを買うよりは、お肉、パン、チーズなど、ほかのものを買いたいと思うにゃ。

「うーん、謎」

ルルは頰《ほお》を膨らませながらキノコを見つつ、考えこんでしまったにゃ。

「いつか、わたしが料理の達人になったら調理して食べることにする！」

「「「――――！」」」

やる気に満ち溢《あふ》れたルルの突然の宣言に、わたしたちは驚いたにゃ。でも、最近のルルが美味しいものへの情熱で料理の勉強をしていることは知っているのにゃ。ルルなら、〈火のキノコ〉でものすっごく美味しいご飯を作ってくれること間違いなしにゃ……！

わたしは期待に胸が膨らむにゃ。

「楽しみにしてますにゃ！　〈製薬〉の材料には、ほかにも食材に似たのがあるので、今度ルルに相談しますにゃ！」

「ほかにも……！　もっと美味しいご飯になるかもしれない！」

わたしの言葉に、ルルが目をキラキラさせているにゃ。わたしは世界中の素材を集める気でいるから、どんと期待していてほしいのにゃ！

「そうと決まれば、もっと採取しますにゃ！」

「そうしよう！」

わたしとルル、それぞれの目標のために、みんなを巻き込みつつ楽しい採取をしたのですにゃっ！

番外編　秘密の真夜中デート　ケント

〈桃源郷〉の夜は、なんだか華やかだ。きっと桃のピンク色が、ランプの明かりで照らされているからだろう。どこか温かみがあるなと、そう思う。

「う〜、どうすっかな……」

俺は割り当てられた自分の部屋をうろうろして、これからのことを考える。男は俺一人だから個室だけれど、残りのメンバーは女しかいないので、シャロンパーティとフレイパーティで大部屋を取っている。

「ココアだけ誘いたいけど、絶対みんないるだろうし……」

みんなの前でココアを誘ったら、からかわれるのが目に見えている。

部屋で悩んでいても妙案が浮かぶわけでもないので、俺は夜風にでもあたろうと部屋を出た。街の中は変わらず桃の香りが強くて、なんだかクラクラしてしまいそうだ。

「はー、俺の意気地なしめ……」

「何が意気地なしなの？」

「うおっ！　って、ココア!?」

ぼそっと呟《つぶや》いた独り言に返事があって、思わず声をあげてしまった。しかし声をかけてきたのは、俺が声をかけたかったココアだ。

「おま、もう夜遅いんだぞ！　一人で外に出るなんて危ないだろ！」

治安が悪そうには見えないけれど、酔っ払いは歩いている。ココアみたいに可愛《かわい》い女の子が歩いていたら、変な奴が声をかけてくるに決まってる。

「ええ？　ケントだって外に出てたじゃん」

「俺は男だからいいんだよっ！」

そう言って声を荒らげると、ココアはきょとんとした後クスリと笑った。

「一応、強い自負はそこそこあるけど……ありがとう、ケント」

「……ったく。にしても、なんで外に出てきたんだ？　こんな時間じゃ、店だって酒場が何軒か開いてるくらいだぞ？」

暗に、ココアが行く店なんてないことを告げる。いったいどんな理由があって、夜中の街に出てきたというのか。すると、ココアはなんでもないとばかりに言ってのける。

「扉の開く音が聞こえた気がしたから、ケントが出かけたのかと思って」

「え……」

まさかの俺を追ってきてくれたらしい。

「あ～～、まあ、いいや。ほかのみんなには何も言われなかったのか？」

「もうみんな寝ちゃったよ？　タルトとルルはもともと早寝だけど、シャロンも街中を歩き回ったりお腹いっぱい桃を食べたりしてたからね。疲れも溜《た》まってたと思うし」

「そっか」

俺はなるほどとココアの言葉に頷《うなず》く。

……ということは、誘うなら今ってことだ。

無意識のうちに、手汗をかいていることに気づく。自分で思っていた以上に、緊張していたみたいだと苦笑する。

……なんて誘うかな。

俺が脳みそフル回転でそんなことを考えていると、ココアが「あ、そうだ」と手を叩《たた》いた。

「せっかくだから、枝垂桃《しだれもも》を見に行ってみない？」

「え」

「……どうかな？」

予想外のココアの提案に、俺はきっと間抜けな顔をしたと思う。だけどココアはわずかに頬《ほお》が赤くなっていて、照れているのだということがわかる。

……やべぇ。

俺は照れを隠すように頭をかきながら、「おう」と返事をする。

「ちょうど、俺も見に行きたいと思ってたんだ」

「本当？　じゃあ、決まりだね」

ココアはそう言って、嬉しそうに微笑《ほほえ》んだ。

街を出て、二人並んで歩く。最近はシャロンたちとずっとパーティを組んでいたから、ココアと二人になるのは久しぶりだ。

「何があるかわかんないから、慎重に行くぞ？　ココアも前に出たりするなよ」

「うん！」

ココアの返事を聞いてすぐ、前方から『キキーッ』という鳴き声のようなものが聞こえた。見ると、桃を手に持った猿のようなモンスターがいる。そいつは俺たちを見るや否《いな》や、手に持った桃を投げてきた。

「うおっ、〈挑発〉!!」

俺はどうにか剣で桃を弾《はじ》き飛ばし、猿のターゲットを持つ。攻撃がココアにいかなかったことにほっとしつつ、「頼む！」とココアを見た。

「ん、任せて」

ココアは杖《つえ》と魔導書を持つダブル武器スタイルの〈歌魔法師《ソングマジシャン》〉だ。その攻撃力は、勇者パーティに所属しているルーナをも圧倒している！　と、俺は思っている。

「〈一、十、百、千――幾重にも織りなす無限の糸よ、彼の翼を縛りその体に鉄槌《てっつい》を落とせ♪〉！」

どこからともなく鉄の鎖が現れて、猿をぐるぐる巻きにしてしまう。そして動けなくなったところで、歌の通り鉄槌が落ちてくるという恐ろしいスキルだ。このスキルが発動している間は猿も縛られて動くことができないので、俺も遠慮なく攻撃を加えさせてもらう。

「うっし、倒した！」

「やった！　二人で攻撃すれば、これくらいの敵はへっちゃらだね」

「おう！」

嬉しそうなココアの言葉を聞いて、俺も心なしか頬が緩む。いつモンスターが出てくるかわからないから、気を引き締めないといけないってのに……！

「よし、じゃんじゃん進もう！」

「あ、待って待って！　今は相手が一匹だからよかったけど、夜中の戦闘で多数相手は厳しいよ。私が〈魔力反応感知《マナサーチ》〉でモンスターの位置を把握するから、慎重に進もう」

「それもそうだな」

ココアに言われ、俺はすぐ冷静になる。

……ちょっと浮かれてたのかもしれない。

「んじゃ、俺が先頭を歩くから、ココアはナビを頼む。枝垂桃は、たぶんあっちの方角なはずだ」

「わかった」

俺は「うしっ！」と気合を入れ直し、歩きだした。


それからは、ココアのナビで猿との戦闘を最低限にしつつ、目的地方面へ向かって歩いた。途中で道がわからなくなりかけたけれど、どうにか辿《たど》り着くことができてほっと胸を撫《な》で下ろす。

「これが枝垂桃……」

「すげぇな……」

枝垂桃は、俺が想像していた何倍も圧巻だった。木の下へ行き空を見上げると、ピンクの小さい花が揺れている。その花の隙間《すきま》から赤い月が見えて、なんとも幻想的だ。

……街中じゃ見られない美しさだな。

「綺麗だね、ケント。月と星の明かりだけで見る桃が、こんなに綺麗だなんて知らなかったよ」

「俺も」

ココアの言葉に同意して、しばらく無言で枝垂桃を眺めた。

「「………」」

ふいに桃の花だけではなく、桃も生《な》っていることに気づく。そして思い出すのは――本来の目的だ。ここで一緒に桃を食べると――食べると――その――……。

ああ駄目だ、恥ずかしすぎて言葉にできねぇ!!

「ねえ、ケント」

俺がああでもないこうでもないと考えていると、ココアが一歩前に出て、くるりと俺を振り返った。桃の花と赤い月をバックにしているココアは――。

「桃！　食べようよ！」

ちょっと照れたような、恥ずかしそうな顔で、簡単に俺が言いたかったことを言ってくれた。

「お、おう！」

「やった！　実は昼間ね、とっても美味《おい》しそうな桃を買ったの。〈大きな桃〉には敵《かな》わないけど、なかなかの桃だと思うんだよね～」

ココアはそう言うと、片手より少し大きいくらいの桃と、ナイフと皿、フォークを取り出した。どうやら桃を剝《む》いてくれるみたいだ。

「ん～、いい匂い！」

「手際いいなぁ」

「これくらいはね。ケントと違って、家の手伝いもしてたし」

俺が感心して告げると、ココアはクスクス笑う。家でのことを言われたらどうしようもないけど、最近は俺だっていろいろ覚えようと頑張っているんだ。

「今は、簡単な料理なら作れるぞ」

「ケントの男料理、好きだよ」

「男料理……」

「なんだろう、おおざ……豪快な感じだよね」

今、絶対に大雑把《おおざっぱ》って言おうとした。反論したい気持ちもちょっとあったが、桃を食べようと言ってもらった時点で俺の負けは確定しているような気がする。

「はい、剝けたよ」

「美味《うま》そうだな」

〈桃源郷〉に来てからいくつも桃を食べたけれど、どれも美味いせいで一向に飽きる気配が感じられない。もう一生分の桃を食べたんじゃないかってくらい、桃を食べてる気がする。

「「いただきます！」」

乾杯をするように二人で桃を掲げてから食べると、じゅわっと口いっぱいに甘さが広がった。濃密な桃の香りは、きっとそこら辺の安酒よりも人を酔わせるのではないかと思う。

「美味しいね、ケント」

「ああ」

ココアの言葉に素直に頷いて、俺はもう一つと桃に手を伸ばす。すると、にやりと笑ったココアに「おかわりもあるからね！」と言われてしまった。

「さすがにそこまで食い意地は張ってないぞ？」

「そう？　だって、美味しくていくらでも食べられちゃいそうなんだもん」

「それはまあ、そうだな」

完全に同意だ。

それから俺たちは、桃を食べながら今までの冒険の話なんかをして盛り上がった。

MFブックス

回《かい》復《ふく》職《しょく》の悪《あく》役《やく》令《れい》嬢《じょう》　エピソード 5

悪《あく》役《やく》令《れい》嬢《じょう》はもう終《お》わりです！

2024年5月25日　初版第一刷発行

著者　ぷにちゃん
発行者　山下直久
発行　株式会社KADOKAWA
〒102-8177　東京都千代田区富士見2-13-3
0570-002-301（ナビダイヤル）
印刷・製本　株式会社広済堂ネクスト
ISBN 978-4-04-683625-0 C0093

企画　株式会社フロンティアワークス
担当編集　福島瑠衣子（株式会社フロンティアワークス）
ブックデザイン　鈴木 勉（BELL'S GRAPHICS）
デザインフォーマット　AFTERGLOW
イラスト　緋原ヨウ

本シリーズは「小説家になろう」（https://syosetu.com/）初出の作品を加筆の上書籍化したものです。

「こぼれ話」の内容は、
あとがきだったり
ショートストーリーだったり、
タイトルによってさまざまです。
読んでみてのお楽しみ！

アンケートに答えて
著者書き下ろし
「こぼれ話」を読もう！

よりよい本作りのため、
読者の皆様のご意見を参考にさせて頂きたく、
アンケートを実施しております。

奥付掲載の二次元コード（またはURL）にお手持ちの端末でアクセス。

↓

奥付掲載のパスワードを入力すると、アンケートページが開きます。

↓

アンケートにご協力頂きますと、著者書き下ろしの「こぼれ話」がWEBで読めます。

- ●PC・スマートフォンに対応しております（一部対応していない機種もございます）。
- ●サイトにアクセスする際や、登録・メール送信時にかかる通信費はご負担ください。
- ●やむを得ない事情により公開を中断・終了する場合があります。

オトナのエンターテインメントノベル MFブックス 毎月25日発売

MFブックス